COLLECTION FOLIO

Salim Bachi

Dieu, Allah, moi et les autres

Gallimard

L'auteur remercie le CNL
pour son aide.

Salim Bachi est né en 1971 en Algérie. Il vit en France depuis 1997. Auteur de romans, récits et nouvelles, il a été récompensé pour plusieurs de ses œuvres. *Le chien d'Ulysse* a obtenu le Goncourt du premier roman, le prix littéraire de la Vocation et la bourse de la Découverte Prince Pierre de Monaco en 2001, et *La Kahéna* le prix Tropiques en 2004.

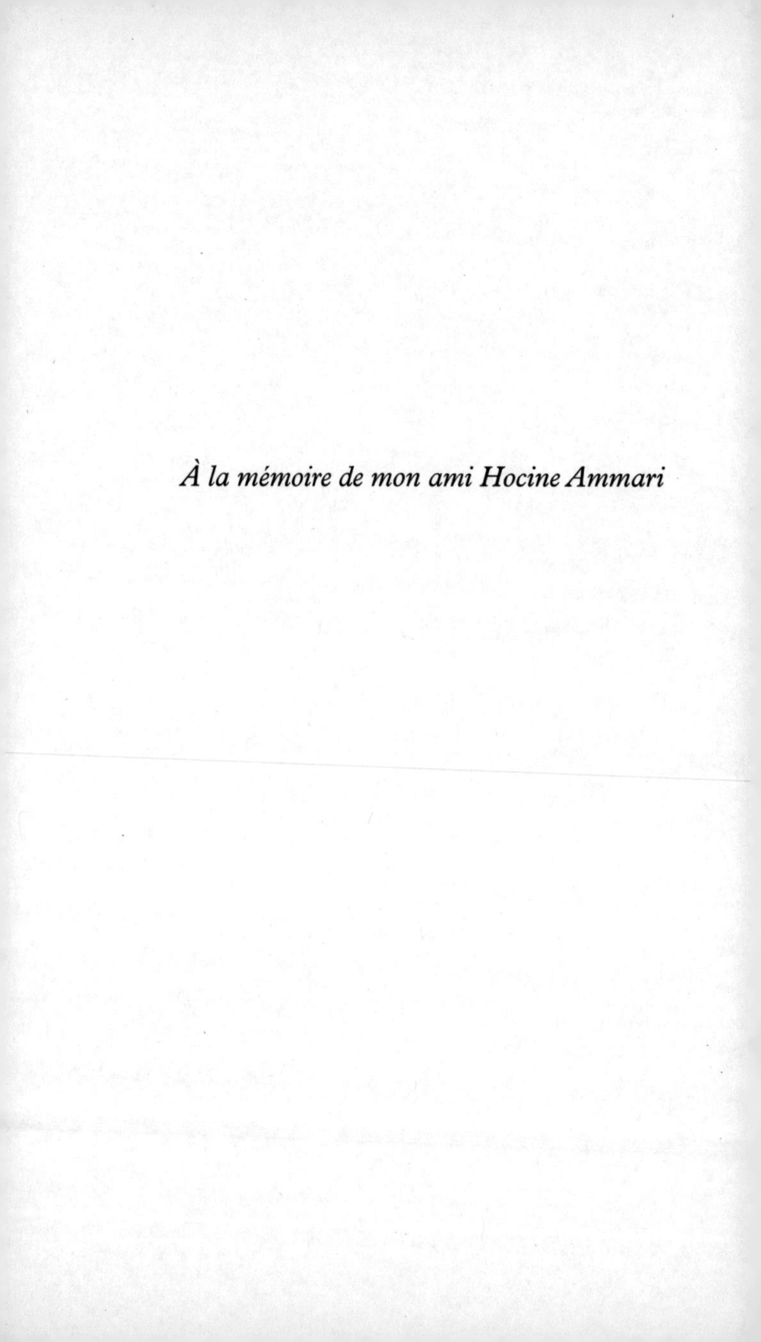

À la mémoire de mon ami Hocine Ammari

«Vous pouvez bien brûler mes livres; vous ne pourrez brûler leur contenu, bien à l'abri au fond de mon cœur.

Là où m'entraîne ma monture, il me suit, faisant halte là où j'ai fait halte, et avec moi, dans ma tombe, il sera enterré.

Cessez donc de brûler parchemins et papiers, et professez plutôt votre science afin que tous voient qui est le véritable savant.

Sinon, commencez par reprendre le chemin des bibliothèques, car combien de voiles vous faudra-t-il écarter, avant d'accéder à ce que vous désirez pour l'amour de Dieu.»

IBN HAZM

Connaître Dieu, Allah, Yahvé : vaste programme. Enfant, je croyais qu'Il était partout, me regardait, me suivait. Il m'épiait lorsque j'étais sous une table, dans mon lit, quand je me masturbais. Il réprouvait, menaçait, interdisait. Tu ne dois pas faire ça, penser ainsi, manger de ceci ou boire cela. C'était Dieu, un être pas très sympathique qui veillait à séparer ce qui était bien du reste et surtout à proscrire ce qui était attirant pour un enfant.

Au final il ne restait pas grand-chose à faire, sinon à espérer ne pas avoir eu une pensée interdite, un geste inapproprié, dit du mal de quelqu'un, volé une friandise, insulté son camarade de classe. Toutes les bêtises commises l'étaient forcément sous son regard divin. On ne pouvait pas lui mentir. Pis encore, cela était noté pour l'éternité et au jour du jugement, lorsqu'on serait tous ressuscités, il sortirait son grand carnet, relèverait les infractions à sa Loi, de la plus petite à la plus grande, et vous jetterait en enfer pour toujours.

Comment ça toujours ? je demandais à ma grand-mère qui m'avait inculqué une bonne partie de ces fariboles.

Toujours, répondait-elle, très longtemps. Plus longtemps que des milliers de vies.

Tu veux dire qu'il n'y aura pas un moment où cela se terminera ? Je ne parlais pas encore ainsi, mais je le pensais.

Eh bien, non, rien à faire.

Et si je suis très gentil, il me pardonnera ?

Non. Il ne te pardonnera pas.

Misère ! C'est qui ce type ? Quelle rancune ! Il ne fallait pas plaisanter avec Allah ! Contrairement à Dieu, celui des Français par exemple, le rigolo qui vous pardonnait pour peu que vous regrettiez avant de mourir, le nôtre, le Vrai, le Dur, le Pur, l'Incorruptible, ne lâchait rien. Vous aviez intérêt à vous mettre en règle très jeune.

À quel âge ? je demandais toujours à ma grand-mère, mes tantes, ou je ne sais qui. Les enfants sont curieux et posent sans cesse des questions.

À sept ans, me répondait-on sans varier. Le plus drôle dans cette Algérie des années soixante-dix : tout le monde avait réponse à tout, surtout en matière religieuse, du petit cousin au voisin de cinquante ans, de la femme de ménage à l'épicier du coin, de la prostituée au mécanicien, tous avaient un avis sur la question ; c'étaient des imams en puissance, des docteurs de la foi, des gardiens du dogme. Ils vous interrogeaient et vous jugeaient : vous échappiez encore moins à leur inquisition qu'au regard de Dieu.

J'avais sept ans et je n'étais pas en règle. J'allais brûler dans la Géhenne, en enfer, *Djahanem*, pour un temps infini. Ce n'était pas drôle, déjà le four qui cuisait la galette me paraissait très chaud, assez pour brûler le pain en quelques minutes. Alors vivre dans un four puissance mille, un million, comme le soleil, pour l'éternité ? J'en faisais des cauchemars. Comme tous les gamins d'Algérie, je vivais dans la crainte de ne pas être assez bon pour échapper au châtiment du Grand Méchant Allah. À l'école non plus, je n'échappais pas à la question. En classe, nous apprenions l'arabe en récitant le Coran. Pour lire le Coran, il fallait connaître l'arabe et pour connaître l'arabe, le Coran… un cercle arabo-islamo-vicieux.

Je n'y entendais bientôt plus rien, ni à l'arabe ni au Coran… alors je recevais des coups de règle sur les doigts parce que je m'étais trompé pendant ma récitation de la sourate qui nous promettait l'enfer, elles nous le promettaient toutes. Je ne sais combien de fois reviennent les mots *Djahanem* et châtiment dans le Coran, mais c'est impressionnant. Tout le Livre tourne autour de ces deux mots : enfer et damnation.

Je me souviens de mon premier instituteur, je venais d'entrer à l'école élémentaire. C'était un type étrange, filiforme, la mine chafouine. Il passait dans les rangs et crachait par terre. Il raclait le fond de sa gorge. Lorsqu'il avait fini ses expectorations, il nous inventait des tours de pendard pour avoir le plaisir de nous punir avec une règle en bois. Pas un jour sans recevoir plusieurs coups sur la main tendue et suppliante. Il ne fallait pas broncher, c'est le cas de le dire, ou les coups pleuvaient dru. Les punitions étaient collectives et comme nous étions une quarantaine d'enfants, le spectacle pouvait durer longtemps. Nous étions des garçons, l'école n'étant pas mixte, et certains hurlaient tandis que d'autres, dont je faisais partie, recevaient leur punition dignement. Il valait mieux ne pas manifester sa douleur, ça lassait le bourreau.

Un jour, le bonhomme, levé du mauvais pied, ou parce qu'il ne me trouvait pas la mine assez musulmane, me renvoya à la maison, seul. J'avais six ans et je n'étais jamais sorti de chez moi sans être accompagné par un adulte. Je ne sais comment mais je parvins tout de même à regagner notre domicile au grand effarement de mes parents. Quand j'y pense aujourd'hui, moi qui n'ai aucun sens de l'orientation, j'en tremble.

J'expliquai ce qui s'était passé à mes parents qui dans une rage folle m'accompagnèrent à l'école, me conduisirent chez le directeur. Celui-ci convoqua l'enseignant et lui passa un savon devant nous. Résultat : je retournai en classe et là, entre deux raclements de gorge, je me fis traiter de mouchard et de menteur par l'instituteur qui, pour m'apprendre à vivre, me demanda de lui tendre la main pour recevoir les coups de règle que j'avais donc mérités. De ce jour, il ne me lâcha plus dans la nature, l'imbécile despote. En classe, j'étais si terrorisé que je n'osais demander à aller aux toilettes. Je me retenais, puis le moment venait où je ne pouvais plus me retenir : je me souillais. Je rentrais honteux et puant à la maison.

Dieu n'existe pas.
Ouf, je l'ai dit.

Aujourd'hui, je peux l'écrire et cela m'engage comme aurait pu le dire Sartre. Cela m'engage d'autant plus que je suis musulman pour les Algériens et pour les Français. En Algérie, on naît, vit et meurt musulman. En France aussi on devient musulman de droit républicain. Il y a quelques années encore, on aurait dit que j'étais un Arabe, une catégorie repoussante pour la majorité des Français. Cette catégorie a été remplacée par celle non moins répugnante de Musulman (avec une majuscule infamante), dont usent et abusent avec allégresse certaines personnes que je ne nommerai pas car elles sont vachardes en diable. Elles ressemblent à l'éructant Céline, le génie littéraire en moins. Elles ressemblent aussi aux islamistes, professeurs, enseignants, marchands de cacahouètes et de tapis qui, dès les années soixante-dix en Algérie, ont considéré que nous étions génétiquement des musulmans, de notre premier à notre dernier souffle, en plus d'être des Arabes, et seulement cela. Exit : Berbères, Africains, Turcs, Français, juifs…

En toute franchise, je ne vois pas de différence entre leurs discours aux uns et aux autres : ils se rejoignent et s'entendent sur l'essentiel. Lorsque je vois à la télévision un homme ou une femme politique s'adresser aux Musulmans de France, j'ai l'impression d'entendre Abassi Madani ou Ali Belhadj, les anciens dirigeants du Front islamique du salut, exhortant les Musulmans d'Algérie à rentrer dans le droit chemin de Dieu, celui qui a conduit au massacre de deux cent mille personnes pendant les années quatre-vingt-dix. J'ai tout de suite tendance à changer de chaîne.

Musulman, je ne le suis point, et, mon cher guide de conscience médiatique, je te dis le fameux mot de Cambronne !

Enfant, quand je prenais l'avion, j'étais tellement obsédé par Dieu que je le cherchais par-delà les nuages. Je voulais voir cet être immatériel dont nous parlions tant, qui nous obsédait et était insaisissable. Je demandais à ma mère si nous l'apercevrions pendant notre vol. Elle ne savait pas. Il se cachait. Dieu se planquait, le lâche, il était partout et nulle part. Il se diluait dans l'éther. Je le traquais jusque sous l'aile de l'avion ! Je pensais qu'il se tenait là, coi, à l'abri de nos regards et du soleil qui pouvait l'assommer comme une mouche.

Sa Majesté des Mouches.

Puis l'avion penchait et je pouvais enfin regarder le ciel sous l'aile. Rien. Il s'était envolé, le diable. C'est pour cela que j'ai tant aimé les dieux grecs. Ils étaient à la fois lointains et proches. Ils pouvaient siéger sur le mont Olympe, se métamorphoser en mendiants, en cygnes, en pluie d'or. Ulysse rencontre Athéna qui le protège. Sa Majesté des Mouches, elle, se dérobe et bien qu'étant partout elle est inconnaissable, une énigme.

Cette ubiquité divine m'a plus tard fait apprécier et comprendre Spinoza. Si le *Nobodaddy* comme se plaît à l'appeler Hemingway est partout et nulle part, c'est qu'il n'existe pas, ou alors c'est un jeu de l'esprit. Rien d'étonnant à ce que Spinoza ait été excommunié *définitivement* et son manteau troué par un coup de poignard qui, heureusement, l'épargna. La légende raconte qu'il le portait toujours pour se souvenir de la furieuse passion des hommes pour la religion et pour cet être immatériel qui conduit à toutes les folies. Affranchi de sa communauté, dont il ne partageait plus les valeurs – je crois pour ma part à l'épisode du poignard –, le sage philosophe tailla des lentilles pour lunettes astronomiques ; il acquit même une grande renommée dans cet art. Il sut toute sa vie s'entourer d'amis philosophes qui le comprenaient et avec lesquels il polémiquait parfois sans risquer sa vie. Comme le dit Desproges, on peut blaguer de tout, mais pas avec tout le monde. En philosophie, il en va de même. Quant aux lentilles, sans doute perfectionnait-il les outils nécessaires à l'observation de la nature, vaste et belle, dans laquelle se niche peut-être Grand Papa Personne.

Cette belle histoire de manteau me fait penser à la tentative d'assassinat de Naguib Mahfouz, le grand écrivain égyptien, dont le tort a été d'avoir obtenu le prix Nobel de littérature et d'avoir écrit un roman, *Les Fils de la Médina*, publié dans les années cinquante, sur une famille du Caire dont les membres ne sont pas sans rappeler Dieu et certains prophètes de la Bible et du Coran, Moïse et Mahomet, je vais quand même dire Mohammad. Il aura fallu l'annonce du prix Nobel pour que les sicaires d'Allah se souviennent d'un roman qu'ils n'avaient jamais lu, mais dont les doctes savants d'Al-Azhar leur avaient dit qu'il fallait se méfier. J'ai lu l'ouvrage en question, un livre réaliste ancré dans le Caire des années cinquante, qui n'est en aucune manière blasphématoire ou injurieux. Bien au contraire, le roman est tissé de paraboles et condamne tout autant la corruption et l'hypocrisie que l'athéisme et le matérialisme. Mais chacun voit Allah à sa porte, et les islamistes poignardèrent Mahfouz lorsqu'il sortit de chez lui, le blessant à la main, ce qui le contraignit à dicter ses livres jusqu'à la fin de ses jours.

Reprenons le chemin de l'école. Deuxième année élémentaire, l'équivalent du CE2 en France. Un autre spécimen d'enseignant. On disait « mon maître », *sayyedi*. On se levait quand il entrait en classe. Il ne crachait pas mais il avait un plus long bâton. Un long tuyau en plastique vert, flexible, dont le sifflement précédait le coup : on ressentait alors une grande brûlure. Je ne sais pas où il avait déniché son instrument de torture, dans une geôle cairote peut-être, chez les barbouzes de la sécurité militaire algérienne, chez Bigeard et Massu.

Nous les connaissions bien nos généraux français, ils avaient torturé des milliers d'Algériens, en avaient tué un million et demi (si le chiffre était exagéré, il était officiel). On ne nous épargnait pas les détails en classe : gégène, baignoire, corvée de bois, fosses communes, etc. Une fois le cours d'histoire terminé, on passait aux travaux pratiques, grâce au tuyau vert de notre maître. Je dis cela sans rire. L'école algérienne que j'ai connue a été une école de violence. Je n'y ai entendu parler que de châtiment, d'enfer, de meurtres et de tortures. Et de ce million et demi de martyrs qui pesait lourd sur nos frêles épaules d'enfants. Pas des morts, la plupart anonymes, pour l'indépendance de l'Algérie, mais des Martyrs pour la gloire de Dieu, sur son chemin, *fi sabil illah*.

Un matin, notre bon maître demanda, d'un air patelin, il avait de longs poils sur les doigts, qui faisait la prière. Une moitié de la classe leva la main, à mon avis par opportunisme. Je m'abstins. J'avais pourtant pesé le pour et le contre. Mentir, oui, mais n'aurais-je pas commis là un plus grand péché, puni par les flammes de l'enfer? À sept ans, on n'a pas forcément l'âge de raison. Il sépara la classe en deux. Il offrit des images à ceux qui avaient tendu la main et les remercia chaleureusement. C'étaient de bons garçons, de véritables croyants. À nous, il demanda de nous lever et de nous présenter à tour de rôle devant lui. Nous étions des apostats, des *koufars*, et il nous rétribua en conséquence, dix coups sur chaque main. Ensuite il nous demanda si nos parents faisaient la prière. Cette fois je ne dis pas la vérité. Depuis je mens toujours aux hommes qui ont les doigts poilus. Lorsqu'on me pose des questions sur ma foi, j'ai tendance à me dérober. Je ne parle plus qu'en présence d'un avocat, du diable si possible.

Je n'aimais ni mes « maîtres » ni l'école, je détestais ce que l'on y enseignait. Je ne parvenais pas à apprendre l'arabe, ma supposée langue ancestrale, sous ce régime de terreur. Je ne comprenais rien à un texte écrit mille quatre cents ans auparavant par un psychopathe qui, après s'être proclamé clément et miséricordieux, vous promettait un châtiment éternel… Je vomissais ce livre que je devais apprendre par cœur et à cause duquel j'étais systématiquement rabroué ou corrigé parce que je déformais, en le prononçant mal, un verset incompréhensible. On eût tout aussi bien pu m'apprendre Confucius dans le texte et par cœur, sans passer d'abord par les idéogrammes. Et l'eût-on fait avec un peu plus d'amour, ou un peu moins de haine, je serais, à l'heure actuelle, un grand sinologue.

Pour autant, je croyais toujours en Dieu, un peu moins en Allah, sa traduction en arabe littéral.

Je croyais en Dieu mais Allah m'emmerdait par sa manière d'être partout et de m'épier sans cesse. Je ne comprenais pas qu'il pût s'intéresser à ma personne, un enfant, si peu en somme. Ou alors, j'étais quelqu'un d'exceptionnel et il me suivait en permanence pour cette raison. Je me demande si ce n'est pas cette croyance qui a fait de moi l'écrivain que je suis aujourd'hui. J'ai toujours cru que j'avais un destin à accomplir, artistique. Je pense que Staline et Hitler ont dû avoir le même genre de certitude, mais dans le domaine politique, avec les résultats que l'on connaît. C'est toute la différence entre Balzac et Napoléon par exemple. Ma préférence va naturellement au premier, il n'a tué personne, sinon ce pauvre Lucien de Rubempré et mon cher père Goriot. L'autre a massacré des peuples entiers sans éprouver le moindre remords. Il faut se méfier des hommes qui ont un destin.

Pourtant, je reste persuadé que le hasard n'existe pas : nous accomplissons notre destin.

Un homme est bien la somme de ses actes, et j'ajouterais de ses rêves. J'aime beaucoup cette citation de *Lawrence d'Arabie*: «Tous les hommes rêvent mais pas de la même façon. Ceux qui rêvent de nuit, dans les replis poussiéreux de leur esprit, s'éveillent le jour et découvrent que leur rêve n'était que vanité. Mais ceux qui rêvent de jour sont dangereux, car ils sont susceptibles, les yeux ouverts, de mettre en œuvre leur rêve afin de pouvoir le réaliser.» Elle représente bien ma génération, celle qui a donné quelques artistes et beaucoup de fous, de terroristes, de criminels nourris au songe éveillé, élevés dans l'illusion de la toute-puissance. Allah était avec nous et nous étions invincibles!

Je suis né en 1971 et la guerre civile algérienne a débuté en 1991. Ce sont des hommes de vingt ans qui l'ont faite. La plupart sont morts ou devenus fous. Je suis un peu dingue, on n'échappe pas à ce genre de cataclysme, on n'échappe pas à sa génération. Je ne m'exclus pas, je ne dis pas eux, je dis nous, collectivement, nous nous sommes précipités dans l'abîme. Je ne suis pas de ceux qui jugent du haut de leur empyrée, comme s'ils n'étaient responsables de rien, je pense à certains aînés, des écrivains qui s'empressent de dénoncer le Mal, mais qui oublient un peu vite leur propre responsabilité, leurs lâchetés passées. Je pense à la génération des impuissants, celle de nos pères, qui n'a rien fait pour nous éviter le pire. A-t-elle dénoncé la dérive du régime algérien ? N'a-t-elle pas profité des postes offerts, des responsabilités de façade, de tous les gages destinés à acheter leurs consciences ? Je les entends dire : mais vous savez, jeune homme, nous n'avions pas le choix, et Boumediene, et la sécurité militaire... Soit. Eh bien, taisez-vous.

On m'objectera que je suis dur, fanatique. Je vous le dis, on n'échappe pas à sa génération, on n'échappe pas l'endoctrinement qui a été le nôtre. Alors, je préfère me taire et écrire des romans qui disent cela, et mieux encore qui le donnent à sentir. Des romans très durs sur la guerre civile, le terrorisme. Je n'ai pas cherché à juger. De qui pouvais-je être le juge puisque je me sentais coupable moi-même ? N'avais-je pas grandi dans le même pays, usé mes fonds de culotte sur les mêmes bancs, reçu le même enseignement dispensé par des fous, connu de jeunes et doux garçons comme des agneaux qui sont devenus des meurtriers par la suite ? Oui mais alors, pourquoi pas moi ? Pourquoi ne suis-je pas devenu un islamiste ou un militaire ?

Porter témoignage. C'est bien cela la vocation d'un écrivain : témoigner.

Ma petite sœur meurt en 1979. Elle avait six ans. J'avais neuf ans. Quel choc pour moi de la voir transportée dans une voiture, rigide, enveloppée d'une serviette. J'étais là, à côté de mon père qui la tenait dans ses bras. Je me souviens de la serviette.

J'ai écrit une nouvelle sur la mort de ma sœur, la voici :

Ali Khan parcourut la petite pièce où se trouvait son bureau. De sa fenêtre, il vit le train entrer en gare. Ali Khan et sa femme habitaient depuis trois ans un logement de fonction. Le train glissa devant ses yeux. Il pensa à celle qui partageait sa vie, *son âme sœur. Ont été pareils à ceux qui s'entassent maintenant dans cette étrange machine. Trois wagons ! Quelle foutue rigolade. Et bien sûr pas de vitrage. Si quelqu'un a le malheur de se pencher un peu trop... Hop! ni vu ni connu, le petit lapin disparu. Dans le grand chapeau tout noir. Il devenait puéril. À les fréquenter souvent. Ils n'ont aucun sens de ce qui est. Sauf Mourad et son grand copain, Hocine, le voyageur. Ils ne ressemblent à rien de connu. Mourad deviendra quelqu'un. Ou peut-être pas. Sera broyé par ce pays cannibale?*

Le train s'arrêta. Un par un, les pèlerins en savoir descendirent.

Des filles – elles faisaient bande à part – se dandinaient mollement dans le clair matin. *Le film égyptien d'hier, quelle merveille! Surtout quand la jeune mariée s'enfuit avec un autre homme pour finalement épouser son frère. Comme c'est romantique! Et puis la belle-mère: une garce, celle-là. Tu sais Ouarda, je connais une fille qui parle comme elle. Une Égyptienne. Ouah! quelle chance. Et puis le jeune frère, comme il est mignon. Si seulement Rachid lui ressemblait un tout petit peu. La dernière fois, il voulait mettre sa main... Tu ne l'as pas laissé faire, j'espère. Tu es folle. Parce que moi, avec Toufik, j'ai presque dû lui mettre une baffe. Il paraît que Hayat le fait avec Mounir. C'est pas vrai. Siii. Quelle honte. Et toi, tu... Tu es folle ou quoi.*

Si elles avaient regardé devant elles, à l'endroit où se dressaient cinq immeubles que seule leur peinture permettait de distinguer, elles auraient sans aucun doute aperçu un homme, l'air doux et tranquille, qui les observait attentivement.

Ali Khan se tenait droit, les mains accrochées au rebord métallique de sa fenêtre. Il venait de parcourir un texte écrit alors qu'il était un tout jeune homme, puis s'était dirigé vers sa fenêtre. Il vit entrer un train en gare, et cette arrivée évoqua pour lui d'autres arrivées, des départs aussi.

Il se revit au bord d'une plage au mois d'août. Il venait d'avoir quinze ans.

La mer miroitait sous le soleil.

Sa sœur l'accompagnait.

Six ans.

Elle pataugeait dans l'écume.

Allongée sur le ventre, dans cinq centimètres d'eau, elle brassait de ses petites mains les vaguelettes qui sautillaient sur son corps. Elle riait. Elle l'appelait.

— Ali ! Ali ! Regarde, je nage !

Il applaudissait, la rejoignait, la renversait sur le dos et l'aspergeait copieusement. Elle criait, se débattait, détalait sur le sable. Elle s'arrêtait, hors de portée, souriait.

Jamais il n'oublierait le sourire de sa sœur. Jamais.

Il la rattrape, la prend dans ses bras, la conduit dans l'eau. Ils entrent doucement dans l'eau salée et agitée. La mer les absorbe. Ils sont seuls au monde. Lui et sa sœur. D'instinct, elle se blottit contre lui, dans ses bras fiers. Malgré son air de garçon manqué, elle a peur. Pendant de longues nuits, elle a rêvé qu'un monstre surgissait des flots, la capturait et l'emportait loin des siens. La mer change. Elle devient sale, remuante, froide.

Des milliers d'algues, brunes, longues comme de longs lassos, s'enroulent autour de ses hanches, grimpent sur sa poitrine plate. Sa petite sœur se recroqueville, se ride comme une vieille pomme. Il se retrouve au sein des flots ne portant plus qu'un paquet de cendres.

Ali Khan se tenait toujours à sa fenêtre. Il pleurait.

Les parents d'Ali Khan regardent leur fille geindre sur son lit. Ils essayent de la soulager un peu. Ali Khan prie. Il croit en la toute-puissance de ses prières. Puisque Dieu existe, Il la sauvera. Elle guérira bientôt. Son visage redeviendra. Son visage. Pourtant ses douleurs se font de plus en plus tyranniques. Elle baigne dans sa sueur. Elle les reconnaît encore. Il faut l'emmener à l'hôpital. Ils n'ont pas de voiture, et les ambulances ne se déplacent jamais la nuit. Elles sont réquisitionnées par leurs chauffeurs pour de grandes virées nocturnes. Il prie. Son père est atteint. Il repeint leur appartement. Des gouttes de peinture ont imbibé les poils sur son menton, ses joues. Il ne parvient pas à prendre de décision. Sa mère les regarde. Elle est encore jeune, vive. Elle ne sera plus jamais comme avant.

Sa sœur geint sur son lit.

On téléphone… Rien. Les hôpitaux ferment à huit heures. Nous sommes en Algérie. 197…

Dieu existe. Dieu la sauvera. Ali regarde sa sœur et prie. Il vient d'avoir neuf ans. L'âge de raison. Pourtant, il prie. Cinq fois par jour. Le vendredi, avec son grand-père, il entre dans la mosquée.

Dieu est grand. Dieu est grand.
Ma sœur est encore une petite fille.
Dieu est grand. Dieu est grand.
Les femmes me font…
Dieu est grand. Dieu est grand.
Elle geint sur son lit de misère.
Elle est bleue comme le ciel.
On sonne à la porte.

Un ami des parents vient par hasard leur rendre visite. Il a une voiture. Son père prend Hayat dans ses bras. Ali dévale les escaliers derrière eux. Ils s'engouffrent dans la voiture. L'ami des parents se met derrière le volant. Il entreprend de chauffer le moteur. Elle respire difficilement. Il n'y a pas assez d'air. Son père baisse la vitre. Ils roulent depuis cinq minutes.

Cyrtha est déserte à cette heure de la nuit. Seuls des chats filiformes entreprennent une danse compliquée, ponctuée de miaulements rauques, enragés, qui crèvent le silence planant sur la ville morte. Ali les voit se battre sur les trottoirs, pour un morceau de poisson, une immondice. Il voit sa sœur se battre, pour un morceau d'air. Il voit son père sortir une cigarette. Il le maudit. La voiture file dans le noir, traverse une bonne partie de la ville, commence à gravir un chemin en lacet qui débouche sur une bâtisse arc-boutée sur le versant est de la colline qui enserre Cyrtha, l'acculant presque à la mer. La terre est meuble, retenue par des oliviers. Nous sommes en pleine ville : un lambeau de campagne, isolé, détaché comme un feuillet d'écolier où, entre les lignes, des arbres chétifs, un semblant de végétation et des remparts viennent se greffer.

La voiture s'arrête au pied du grand portail de l'hôpital de Cyrtha. Une forteresse enchâssée dans la roche, enclose entre de grands murs en pierre de taille. Il fait froid. Sa petite sœur grelotte. Hormis le crissement des chaussures sur le gravier, les portières qui claquent une dernière fois, on n'entend plus rien. Le portail les nargue en silence. Le père d'Ali donne des coups de pied dans le métal noir. Rien. Il redouble de violence. L'ami de la famille remonte dans la voiture et appuie sur le Klaxon. Long ululement électrique modulé au gré de son envie d'abord, puis de façon systématique : deux signaux brefs alternent maintenant avec deux signaux plus longs pendant cinq minutes. La petite sœur d'Ali ne geint même plus. Elle écoute... Ali aussi écoute... Ali a oublié ses prières. Il écoute la respiration de sa sœur. Sa respiration. La respiration de sa sœur devient obscure. Elle semble débouler dans sa poitrine, à gros bouillons. Le portail s'entrouvre lentement.

Elle ne mourra pas, se dit Ali pendant que la voiture file vers les urgences.

Le ciel est parsemé d'étoiles, petits trous lumineux et sans vie. Ganymède, Cassiopée et Orion. Ali ne ressent rien devant ce spectacle de grandeur : l'immensité ne l'effraye plus. Il se contente d'observer l'inutile clarté qui repousse l'ombre au-delà des fourrés, introduit un semblant de lumière dans la voiture où sa petite sœur Hayat, dans les bras de son père, se débat avec la vie. Il observe son père qui se demande pourquoi le cœur contre le sien menace de rompre, de tout lâcher, au risque de le laisser à la dérive, seul avec son fils et sa femme, perdu dans un appartement trop vaste pour trois personnes, déserté de l'enfance, de Hayat et son rire, mais elle ne mourra pas, se dit-il, contredit par le râle qui s'insinue dans son esprit et le pousse à serrer plus fort contre sa poitrine le corps immense d'une petite fille à l'agonie.

Et c'est comme la mer, pense Ali, le flux et le reflux d'une âme, mais y croit-il encore. Il faut faire vite.

Dans le couloir des urgences, un brancard est plaqué contre le mur. On y allonge Hayat. Parti à la recherche d'un médecin, l'ami de la famille revient avec un interne russe. L'homme ne comprend rien à ce qu'on lui dit. Il s'agite vainement en faisant des signes, désignant tour à tour le brancard, la petite fille, le père. Hayat étouffe sous l'œil impuissant de l'interne. Son père se penche sur elle, joint sa bouche à la sienne. Il tente de lui insuffler de l'air. Elle se contracte.

Elle explose en un cri qui leur déchire les tympans.

— Tu pensais à elle.

— J'avais neuf ans.

Ali Khan enlaça Amel, sa jeune femme. L'espoir remue entre ses bras, et vit, et change.

Amel frémit. Elle n'aimait pas le voir revenir sur cette vieille blessure. Il s'en aperçut et s'empressa d'ajouter :

— On a repris tous les trois la même voiture. Je devrais dire tous les quatre.

Ils l'ont recouverte d'une longue serviette bleue. Son père la tient toujours dans ses bras, cherchant à éprouver jusqu'au bout la réalité de sa mort. La douleur le tenaille. Corps gagné par la rigidité, il déroule dans sa tête le fil des événements. Tout concourt à une fin identique. Ce corps, entre ses bras, le renvoie à une réalité dernière. À cela, il n'y a rien à retrancher. Ali Khan, quant à lui, rumine des prières vides de sens. Il a perdu sa sœur et sa foi en une seule nuit. Il n'a aucun mal à cerner la perte la plus lourde, la plus exigeante. Il pense à sa mère. Plus rien ne sera comme avant. Non. Plus rien.

Il embrassa sa femme. Elle lui rendit son baiser avec une douceur apaisante. Il laissa ses mains parcourir son corps, puis la caressa à son tour, lentement, comme si l'éternité se fût dévidée devant eux. Cela n'exigea aucun effort de sa part, ses mains agissaient, ses yeux regardaient. Ils glissèrent au sol, entre les papiers éparpillés.

Leurs vêtements rejoignirent les lignes. Sa pièce de théâtre, ses essais adolescents frémirent sous leurs corps indociles.

Il ne la rejoignit pas dans son sommeil.

Il se leva et se dirigea vers la fenêtre. Le vent agitait les branches des eucalyptus dressés près des quais de la gare. Leurs longues feuilles se tordaient dans la violente lumière de cette matinée estivale. Hamid Kaïm, son ami, viendra demain. Ils évoqueront alors une partie de leur jeunesse. Ils parleront de la visite de Mohamed Boudiaf. Puis, comme ces feuilles diluées dans le feu de l'été, ils discuteront de leurs soucis, eux aussi. Mourad et Hocine seront présents et le théâtre de Cyrtha abritera leurs querelles d'enfants chamailleurs, leurs éclats de rire.

Sa chemise trempée, il pensa aux incendies de l'été, si proches maintenant. Incendies gigantesques dont des semaines de lutte ne parviendraient pas à dompter la colère. Il vit tomber du ciel une pluie noire. Une pluie de cendres. Sur les chemins de montagne, sur les villages, les villes, elle tombait drue et noire. Elle enveloppait d'une lourde chape les hommes, les femmes et les enfants du pays. Elle tombait sur l'âme de ses citoyens, paralysant les faibles et les forts, les courageux et les lâches, tous confondus, tous précipités vers le gouffre, les cimetières ou la tombe.

Je garde de mes premières années d'école un souvenir flou et confus. Je les passais dans une sorte de brouillard, où les actes, les événements, les personnes se succédaient, sans logique. C'était un cauchemar. Un délire ponctué par les versets du Coran, la litanie des violences, les coups. En troisième année, nous eûmes une maîtresse. C'était la première étrangère à nos familles qui pénétrait un cercle de jeunes garçons en émoi. Nous tombâmes instantanément amoureux de cette folle aux gros seins. Elle était méchante comme une teigne. Une véritable dingue.

Un jour, pour punir un gamin qui n'arrivait pas à lire son texte, elle prit une équerre en plastique et la planta dans son crâne. Nous vîmes le sang gicler sur le cahier de notre camarade : des morceaux de chair et de cheveux s'accrochaient encore à la pointe de l'équerre. Le directeur la convoqua, et le lendemain elle reprenait son cours comme si de rien n'était. Puis elle fut remplacée par un arabisant pur jus, venu d'Égypte, si pur qu'il m'appelait Bacha au lieu de Bachi qui n'était pas un nom arabe selon lui. Je devais être Ottoman…

Je détestais ce Bacha dont il m'avait affublé. Puisque je n'étais pas arabe, je ne pourrais jamais apprendre à lire la merveilleuse langue du Coran. Saint Jean-Baptiste le Cairote avait ses élus, je n'en faisais pas partie. Il convoqua mes parents pour leur annoncer que j'avais un problème d'identité. Et il me faisait l'insigne honneur d'écorcher mon nom, de changer mon identité, comme un bon colonisateur.

Mon père :

Il n'a aucun problème d'identité ! C'est vous qui en avez !

À de nombreuses reprises, j'ai entendu de sombres nullités me parler de problèmes identitaires. Quand on a lancé le débat sur l'identité en France, sous Sarkozy, j'ai replongé dans ce passé algérien. Chaque fois que quelqu'un me parle d'identité, je ne peux m'empêcher de penser qu'il s'apprête à me liquider, symboliquement en changeant mon nom, puis physiquement pour peu que les conditions soient réunies. Je me souviens qu'Ali Belhadj, après la victoire du FIS aux législatives, avait promis qu'il modifierait les habitudes vestimentaires et alimentaires des Algériens et que ceux qui refuseraient devraient quitter l'Algérie ou mourir. C'était là aussi une question d'identité.

Identité, lieu de naissance, nation, origine sont des mots qui reviennent souvent chez de nombreuses personnes jusqu'à l'invraisemblable. Il m'est arrivé en achetant un sac dans un aéroport d'entendre la vendeuse me demander quelle était ma nationalité, l'air on ne peut plus naturel. Un homme normal aurait répondu sans hésiter: « Je suis tibétain, bouddhiste, mais aussi chinois puisque le Tibet n'est pas encore indépendant. Ma mauvaise conscience m'oblige à le mentionner tout en voyageant avec un passeport chinois parce que si je veux voyager, chère madame, je n'ai pas d'autre choix ! » Et il aurait ajouté : « Pourquoi me posez-vous cette question puisqu'il s'agit juste d'acheter un sac et non de passer une frontière ? »

Après, ce voyageur oriental, sage et tranquille, se serait assis dans un coin de l'aéroport et aurait adressé une prière à ses ancêtres. Au lieu de quoi, j'ai répondu que j'étais algérien et français, que je vivais en Irlande tout en rêvant de Grenade et résidais à Paris où j'avais des attaches familiales comme on dit dans les bonnes préfectures. J'ai même ajouté : « Et ils sont nombreux dans mon cas ! »

Lorsque j'essaye d'imaginer mes ancêtres, je les vois accrochés à un arpent de terre en Algérie, voguant sur une galiote, dérivant d'Andalousie, crevant de faim dans une ruelle de la Casbah, envahissant la Numidie avec les Arabes, défendant cette même Numidie avec la Kahéna, se mariant à droite et à gauche, luttant avec Jugurtha ou Hannibal, enfantant d'autres ascendants un peu dans tous les coins du pays, au Maghreb, en Afrique, en France, en Andalousie, toujours dans les mauvais endroits, emmerdant les préfectures du monde entier.

Je rêve bien entendu. Il vaut mieux se dire en se rasant le matin, face à son miroir, que le visage que l'on voit lorsqu'on est un garçon, n'en déplaise aux féministes, est celui de son père. Le plus étrange, que l'on me contredise si je me trompe, est que l'on voit, chaque jour, son père vieillir dans le miroir et la question de l'origine se réduit à une peau de chagrin.

Pour les orphelins de père, la question ne se pose pas, et encore. Il se peut que dans leur enfance ils aient entendu ce même refrain : « Mais, tu ne trouves pas qu'il ressemble à son père ? » Camus s'entendait dire par sa mère qu'il était comme son père mort avant sa naissance. On peut imaginer la perplexité de l'écrivain devant ce témoignage rescapé du silence maternel.

J'ai donc acheté le sac après avoir vérifié qu'il portait bien une étiquette indiquant son origine, sa provenance nationale et, puisqu'il était en cuir, la qualité de la bête, la date de sa transformation (comprendre le moment où elle est tombée au champ d'honneur pour la défense des sacs en cuir de la marque Untel dont toute la production de grand luxe est fabriquée par des enfants ou des prisonniers en Chine, qui, eux, ne sont jamais mentionnés sur l'étiquette), son acheminement par air ou par mer, les douanes rencontrées, les visas obtenus pour atterrir dans ce modeste magasin d'aéroport. Magasin est un mot d'origine arabe et je ne sais jamais s'il faut l'écrire avec un « z » ou un « s ».

Lorsque j'ai écrit *Le Silence de Mahomet*, un roman interdit dans le monde arabe, j'ai utilisé, quand cela était possible, un vocabulaire français « d'origine », comme on dit dans certains milieux politiques hexagonaux. Oui : un bon millier de mots français dérivent de l'arabe. Eh bien, un critique algérien, je devrais dire un Algérien critique que je ne nommerai point, a décrété que la langue du roman était en bon français du XIXe siècle et ne rendait donc pas compte de la langue arabe du VIIe siècle ! Voilà où mène la quête des origines : vers l'aveuglement des critiques de livres, et de beaucoup de monde.

Un jour, je suis tombé sur un vieux livre d'histoire traitant des lois en Espagne depuis la présence arabe jusqu'à la période contemporaine. Dans ce bouquin qui datait des années trente, je trouvais la mention d'un certain « Bachi », cadi à Séville au VIIIe siècle. Mazette, comme on dit chez Molière ! Je la tenais enfin mon identité véritable et elle expliquait tout. Mon amour pour l'Andalousie, Séville et Grenade, ma propension au déménagement perpétuel, mon côté procédurier et tatillon, n'oubliant jamais les offenses, ma dilection pour le *maalouf* et les jolies femmes.

Cette nuit-là, je m'endormis content et heureux. En me réveillant le matin, je vis le turban du juge de Séville ceindre la tête auguste de son descendant l'écrivain qui se regardait pour une fois avec amour dans le miroir. Pour en finir avec cette question, je vous souhaite donc de tomber sur un ancêtre lié à un pays que vous aimez qui n'a rien à voir avec votre pays de naissance – c'est encore mieux –, ni avec le pays d'adoption, et surtout pas avec les *makhazens* d'aéroport.

Un matin, un homme d'une trentaine d'années entra dans notre classe. Il s'adressa à nous en français. Après s'être présenté, il nous demanda de nous lever les uns après les autres pour dire qui nous étions, ce que nous fîmes, redoutant quelque diablerie. On finit par s'asseoir sains et saufs. Le cours débuta, sans insultes, sans réprimandes, sans violence, et toute la classe se tint bien, apaisée pour une fois. D'habitude, il aurait fallu tirer dans le tas, arracher oreilles, secouer têtes et fessiers, manier la férule à tour de bras pendant une leçon qui s'éterniserait jusqu'au gong final : un match de boxe, sans arbitre, sans règles, sans témoins surtout. Je me demande combien de gamins sont morts dans les écoles algériennes. Je suis sérieux. Un mauvais coup d'équerre, par exemple… Et parmi ceux qui ont survécu, combien sont montés au maquis ou se sont engagés dans l'armée ?

Nous fûmes même étonnés que le cours ne se prolongeât pas un peu, histoire d'empiéter sur le suivant où nous attendait la matraque, un mot qui dérive de l'arabe… Je ne l'invente pas, sortez Larousse, Robert et Littré de leurs placards : *mitraqa*, en arabe standard, le marteau, par dérivation, *matraga* en arabe maghrébin, le bâton…

Eh oui, j'ai connu des professeurs formidables, des enseignants de français pour l'essentiel et un professeur de musique, qui nous jouait du saxo, à nous gamins de huit ou neuf ans, et qui jamais n'éleva la voix en cours. La musique adoucit les mœurs parfois, j'en ai fait l'expérience. C'étaient des Algériens et ils ne nous battaient pas. Mes camarades et moi nous n'en revenions pas d'être en présence de tels êtres. Nous les respections beaucoup. Lorsque j'entends parler de problèmes dans les collèges et lycées français, je me dis que les enfants d'ici auraient mérité de faire un stage dans une bonne école algérienne des années soixante-dix.

Mon premier ami, je le rencontrai dans ce cours de musique. Il voulait jouer du oûd, du *maalouf*. Je ne savais pas ce que c'était encore, je voulais être guitariste. Je n'aimais pas la musique qu'écoutait mon grand-père, les chants bédouins, le malhoune, et le chaabi ou le *maalouf*, ce chant long et syncopé à la poésie absconse. Je voulais jouer de la guitare classique. Le luth, ça ne ressemblait à rien, à un gros scarabée à la rigueur. Je ne comprenais pas mon ami même si je l'aimais. C'est ainsi, l'amitié, une incompréhension amoureuse. Ça peut aller loin… Nous nous retrouvions tous les soirs pour les deux heures de solfège : do ré mi fa sol la si do si la sol fa…

Un soir, il ne vint pas en cours. Notre professeur de musique nous réunit tous et nous annonça que mon ami était mort. Il avait fait du sport, pris un bain et s'était noyé dans sa baignoire. Je ne pourrais jamais plus prendre un bain sans appréhension, sans penser à ce jeune garçon si plein de vie dont le visage se perd à présent dans les limbes de ma mémoire. Je l'admirais parce qu'il était plus âgé et semblait si sûr de lui. Le pauvre enfant ne jouerait jamais du luth, ne perfectionnerait jamais l'art ancien du chant andalou.

Je ne fis pas de deuxième année de musique. Je n'appris jamais à jouer de la guitare. En revanche, bien des années après, je me suis enfin intéressé à la musique classique arabe puis à ses formes contemporaines : *chaabi*, *malhoune* et raï. Et je l'ai toujours fait en pensant à ce garçon.

C'était un gosse et il était dans les ténèbres, lui aussi. Ça commençait à faire pas mal de monde à retrouver dans la mort.

Du jour au lendemain, j'ai disparu. J'ai souvent disparu dans ma vie, surtout lorsque je me sentais pris au piège. La mort rôdait dans cette classe de musique : do ré mi fa sol la si do… Elle s'était peut-être trompée de personne. Ne dit-on pas que la mort est aveugle ?

Je ne sais comment je ne redoublai pas toutes mes classes. Sans doute mes parents veillaient-ils au grain, ou alors j'avais acquis une étrange faculté d'adaptation. En troisième année primaire, je me classais même deuxième ou troisième de la classe. Par quel miracle ? Je l'ignore. Je m'ennuyais à l'école de la République démocratique et populaire algérienne et je n'avais d'autre envie que de revenir au plus vite chez moi pour regarder des dessins animés.

À chaque rentrée scolaire, nous nous demandions si nous allions être corrigés avec une règle en bois, un tuyau en plastique, ou si nous subirions la *falaqa*, cette pratique barbare des écoles coraniques qui consiste à vous flageller la plante des pieds… Cette perspective hantait mes nuits. Je partais le matin à l'école le ventre noué. J'en revenais délivré comme d'un cauchemar. Je m'affalais alors devant la télé et regardais mes dessins animés jusqu'au moment du repas. Je n'avais jamais de devoirs, c'est ce que je prétendais. De fait, cela ne servait à rien, nous étions battus de toute manière.

Cette école a accouché d'une génération inutile, incapable de s'exprimer en arabe ou en français, ne maîtrisant aucune langue étrangère, élevée dans le culte du Héros National, du Moudjahid, pétrie d'arabisme et d'islamisme. Nos leçons d'histoire commençaient en 1954 et s'arrêtaient en 1962, nos cours religieux relevaient de la magie noire. Je n'ai jamais entendu parler d'un poète, d'un écrivain, d'un peintre dans cette école du sordide. La musique c'était l'hymne national qu'on nous faisait chanter chaque matin, la main sur le cœur, pendant qu'un pignouf hissait le drapeau. La poésie, celle de Moufdi Zakaria, l'auteur de l'hymne en question, ou, à la rigueur, d'Abou el Kacem Chaabi, un poète tunisien chantre du nationalisme... Adieu Abû Nouas, Ibn Hazm, Omar Khayyâm...

J'entends, çà et là, en France, de bonnes âmes républicaines dire qu'il faut connaître son hymne, respecter son drapeau, je les comprends, je les approuverais même si je n'en avais pas fait l'expérience douloureuse...

Je me suis toujours méfié des étendards, des hymnes et des représentations officielles, et cela bien avant d'avoir écrit la première ligne du *Chien d'Ulysse*. Il faut de sérieuses raisons pour représenter un pays, une cause, un idéal lorsqu'on fait profession d'écrivain. Je sentais inconsciemment que les deux univers étaient inconciliables.

Jacques Vaché avait écrit à André Breton, depuis le front, pendant cette boucherie baptisée Grande Guerre, au détour d'une phrase dont il avait le secret : « Rien ne vous tue un homme comme d'être obligé de représenter un pays. » Assertion d'autant plus cocasse que Jacques Vaché, tenu par André Breton pour le premier des surréalistes, était l'interprète des soldats anglais et rêvait de se promener sous le feu ennemi, vêtu d'un costume bariolé, sorte d'arlequin, une pipe plantée au coin de la bouche, ricanant face à la mort.

Jacques Vaché ne mourut pas à la guerre comme on aurait eu raison de le penser, mais dans une chambre d'hôtel, d'une surdose d'opium. Il fut retrouvé nu en compagnie d'un ami. On n'est pas le premier des surréalistes pour rien, qu'on se le dise.

Si pour Malraux l'art est une passion qui attaque le monde, alors quel grand sujet qu'une guerre ! Tolstoï ne s'y était pas trompé en écrivant sur la résistance russe face à l'envahisseur français, Koutouzov devant la grande armée napoléonienne. Mais le même Tolstoï est à périr d'ennui lorsqu'il nous fait part de sa philosophie de l'histoire alors que l'on a hâte de retrouver le prince André, Natacha et le bon gros Pierre Bézoukhov dont l'incompréhension même des mécanismes de l'amour et de la guerre nous touche bien plus que les considérations frappées au coin du bon sens du comte Léon Tolstoï. Cette philosophie, le tolstoïsme, humanisme teinté de mysticisme, fait de renoncement et de culpabilité chrétienne, finira par tuer l'artiste Tolstoï sans avoir empêché la catastrophe de la Grande Guerre ni l'avènement de la révolution soviétique.

Considéré par Tolstoï comme un écrivain de second ordre, en raison même de son refus de tout engagement politique, Tchekhov écrivait : « Les grands écrivains et artistes ne doivent se mêler de politique que dans la mesure uniquement où ils ont à se défendre contre elle. » Il ajoutait : « Des accusateurs publics, des procureurs, des gendarmes, il y en a déjà bien assez sans eux. »

Il faut se protéger souvent de ceux qui vous prêtent des intentions que vous n'avez pas. L'artiste, par sa liberté même, bouscule les dogmes, malmène ces vieilles idoles que sont la Religion, la Nation, folies de certains aventuriers politiques dont les idées délétères ont conduit vers les grands massacres.

L'art comme dévoilement du monde et des agissements des hommes risque fort de vous attirer des ennuis. Les uns et les autres n'aiment pas s'entendre dire qu'ils ont tort ou qu'ils s'illusionnent. Ils tiennent pour une vérité établie l'idée qui les pousse à s'entre-tuer. Un écrivain honnête, par l'exercice même de son art, lèvera les impostures de son temps. Les hommes ne le lui pardonneront pas. Un artiste se nourrit de son art et ne vit que pour lui, une illusion bien sûr, mais il s'en contente et n'espère pas ou si peu. Les hommes, eux, espèrent et s'illusionnent pour vivre. Leur arracher ces pauvres oripeaux les plongera dans une détresse immense.

Camus pensait qu'il ne fallait pas ajouter du malheur au malheur du monde en nommant mal les choses, se réservant le droit de se taire lorsque se déchaîna la guerre en Algérie qui le prit au dépourvu. L'écrivain des causes perdues, de l'Espagne républicaine à la Tchécoslovaquie, se retrouva sans voix pendant la guerre d'Algérie parce qu'elle mettait en conflit deux vérités égales. Il se trouva désarmé face à un conflit qui l'atteignait dans sa chair. «J'ai mal à l'Algérie comme on a mal au poumon», finit-il par déclarer à bout de forces, voyant le pays idéalisé par l'exil s'enfoncer dans l'abîme.

On ne peut rester indifférent en tant qu'artiste à la politique ou à la violence du monde lorsqu'elles nous atteignent de plein fouet. L'œuvre d'art véritable semble, à ce moment précis, la seule capable de ne pas ajouter du malheur au malheur du monde. Mais elle se joue seule comme une pièce de théâtre pour un public absent. Elle ne guérit pas du malheur des hommes, elle les console parfois, ce qui est déjà beaucoup.

Tchekhov avait raison de refuser à la fois la politique et l'indifférence. Un artiste «engagé» se nie lui-même en choisissant un camp contre l'autre puisque son art s'adresse à tous. Eschyle écrivit une pièce sur ses ennemis perses en prenant leur point de vue. Un artiste indifférent se coupe à la fois de la beauté du monde et du malheur des hommes. Il court le risque de ne plus agiter que des pantins ou de sombrer dans l'illusion de l'art pour l'art.

Nous sommes à l'heure où les musées s'emplissent à la fois d'œuvres indifférentes et de manifestes, les librairies de pamphlets et de romans populaires. Je n'ai rien contre les pamphlets ni les romans populaires, mais j'aimerais qu'il y ait une place pour des œuvres ambitieuses qui disent le monde sans prendre parti contre l'humanité.

Lorsque j'ai lu le *Portrait de l'artiste en jeune homme* de Joyce, je me suis reconnu dans ce livre écrit soixante ans avant ma naissance et qui évoquait une enfance et une jeunesse dans l'Irlande de la fin du XIXe siècle. J'ai souffert avec Stephen Dedalus des mêmes punitions prodiguées par des maîtres sans valeur, faibles et ignorants, s'appuyant seulement sur le pouvoir de la terreur.

J'ai reconnu la crasse de l'enseignement de l'époque et la mainmise de la religion sur de pauvres esprits. Des enfants prêts à absorber toutes les vérités ignobles que leur délivraient des maîtres pervers. Les terreurs de l'enfer, peint avec art, et transmises par des générations d'imams ou de prêtres. Les promesses de damnation. Les coups et les insultes. Le rabaissement. Un enseignement de bribes, lacunaire, sans recul critique. L'importance du «par cœur»: de l'ânonnement des versets aux cours de grammaire d'une langue morte, l'arabe inodore et sans couleur.

On ne pouvait questionner le savoir puisqu'il

coulait de source divine. C'était la parole d'Allah, rien de plus simple à comprendre, nous disait-on en classe : de fait, on n'y entendait rien. Pareil pour la langue arabe, notre latin de mosquée, une langue sacrée qu'il eût été sacrilège de ne point parler. Tous les Algériens que j'ai entendus s'exprimer en arabe « classique » le font comme les présentateurs du journal télévisé : c'est grotesque et, d'une certaine manière, plutôt drôle. À chaque discussion entre deux arabisants, j'ai l'impression d'entendre les informations sur *El Jazeera*.

Je lisais dans le *Portrait de l'artiste* les mêmes sermons que nous servaient nos maîtres, je voyais appliquée la même méthode coercitive. Chez Joyce, c'était la férule, chez nous la règle en bois ou en métal. Nous avions même ajouté à cela la dénonciation : un élève était choisi par le maître, placé sur l'estrade et chargé de noter les mauvais comportements de ses camarades pendant son absence. Ceux qui avaient été vendus par leurs condisciples étaient punis à coups de règle ou recevaient des gifles. Le mouchardage était une vertu éducative dans un pays qui en avait été victime pendant sa guerre d'indépendance. Le culte du Héros National en prenait un coup. Je commençais à entrevoir cette terrible vérité que l'on ne nous enseignait pas dans cette école : tout le monde avait vendu tout le monde.

« La maladie m'a tout donné sans mesure », ai-je écrit au début de mon roman sur Albert

Camus que je tiens pour un frère en souffrance. Je ne prétends pas l'égaler, cela n'aurait aucun sens. Mais j'ai connu comme lui la douleur, la mort, et l'angoisse qu'elles génèrent. J'ai compris comme lui la chance paradoxale qui avait été mienne. La maladie m'a tenu à l'écart. Elle m'a sauvé. Elle m'a séparé de cette école de la barbarie lorsque j'ai quitté l'Algérie pour être soigné en France. J'y ai été scolarisé et j'ai rencontré un instituteur qui n'était pas un monstre et qui nous passait des chansons un peu mièvres mais entraînantes : d'Hugues Aufray à Guy Béart. On apprenait les textes et nous les chantions en chœur. Je n'en revenais pas, c'était pour moi, qui avais été habitué à d'autres rengaines, une révélation, non coranique, mais bien plus stimulante. Mai 68, tant décrié par les imbéciles, valait mieux que Juillet 62 en Algérie et le début de l'islamisation de masse.

Cette période de ma vie en France ne fut pas heureuse même si j'y pris goût à la lecture grâce à Tintin, Astérix et Lucky Luke que je dévorais comme un Apache sous son tipi. Je me réfugiais déjà dans mes rêves, dessinés d'abord, puis écrits, un peu plus tard. Je passai une année dans un centre médicalisé où je connus la solitude et une forme d'abandon. J'étais allongé sur un chariot, les jambes en extension parce que la tête de mon fémur, qu'il fallait opérer, était nécrosée, une complication assez fréquente de la drépanocytose, la maladie génétique qui avait tué ma sœur et qui menaçait mon existence. Aujourd'hui, j'ai encore des hanches de vieillard qu'il faudra un jour remplacer par des prothèses. La promiscuité m'a aussi ouvert les yeux sur la sexualité dans cet internat pour garçons malades.

Lorsqu'en 1982 je revins en Algérie, après une année en région parisienne, j'avais perdu la langue arabe, appris à écrire en français.

Mes parents m'inscrivirent alors à l'école française d'Annaba. Je ne les remercierai jamais assez d'avoir choisi pour moi la meilleure éducation possible en ce temps-là. Ils changèrent ma vie sans s'en rendre compte. Dans cette école, je découvris la liberté d'apprendre sans violence, sinon celle du carnet de notes et des devoirs quotidiens, rien en comparaison des claques, des coups de bâton et des insultes.

Quand je vois nos jeunes élèves et leurs parents un peu idiots qui se plaignent de la faillite de l'enseignement français, j'ai envie de leur rire au nez. Il s'en trouve même certains pour faire la leçon à des enseignants déconsidérés, payés très mal pour un travail que personne ne pourrait faire à leur place mais que tout le monde s'ingénie à critiquer, un peu comme si le client d'une boulangerie interpellait le boulanger pour lui apprendre à cuire son pain.

Je quittai mes anciens camarades de l'école algérienne. Nous prîmes des chemins différents alors que nous vivions toujours dans le même quartier. Je les voyais grandir et quand, de temps à autre, nous nous adressions la parole pour échanger des nouvelles, j'apprenais qu'ils avaient échoué dans leurs études, souvent avant le baccalauréat. Peu d'entre eux poursuivirent jusqu'à l'université. Ils devinrent des *hittistes*, *hit* ou *hayt* voulant dire mur : ils passaient leurs journées, leurs nuits aussi, adossés aux immeubles, fumant du shit et commentant la vie du quartier, joyeuses commères d'Annaba, d'Alger ou d'Oran que détestaient les pères de famille parce qu'ils reluquaient leurs filles et leurs femmes.

Ces jeunes oisifs, dont personne ne voulait, devinrent des trafiquants ou des terroristes, la première engeance étant de loin la plus sympathique parce qu'elle voyageait comme Sindbad, parcourant le monde entier à la recherche de marchandises à écouler sur le marché noir algérien. On les appelait *trabendistes*, du mot *trabendo* qui dérive de l'espagnol *contrabendo*, contrebande. *Trabendo* est aussi un album des Négresses vertes. Le mot était courant dans la langue française à une époque où l'on s'intéressait en France au raï et à l'Algérie de la guerre civile. Aujourd'hui, on a un peu oublié cette période, la reléguant dans une obscure région de notre mémoire. Les jeunes Algériens qui n'avaient pas réussi dans le trafic de marchandises rejoignirent le maquis islamiste.

Je ne me fis pas de nouveaux amis à l'école française. Les jeunes filles et garçons de France dont les parents venaient travailler en Algérie pour quelques années étaient bien trop différents de moi, j'étais d'une autre planète. Mon isolement s'accrut et je trouvai dans les livres la compagnie qui me manquait à l'école et chez moi depuis que ma sœur était morte.

Tous les soirs, mon père me lisait *Vingt mille lieues sous les mers*. Au bout d'une semaine, il interrompit sa lecture, me tendit le roman et me déclara que je devrais le terminer seul. Ce que je fis, emporté par le désir de connaître la fin de ce récit merveilleux. Quel cadeau ne me fit-il pas ! Je passai ainsi de mes illustrés à la littérature, un saut quantique. À douze ans, je lisais Homère, l'*Iliade* puis l'*Odyssée*, *Les Mille et Une Nuits*, les romans policiers de Chandler, James Hadley Chase, Peter Cheyney et Roger Borniche. Le temps se chargerait de trier le bon grain de l'ivraie. Je lisais tout ce qui me tombait sous la main et je passais de longs étés de solitude plongé dans les livres.

Le soir ma grand-mère me contait *Les Mille et Une Nuits* avec un grand talent de diseuse et de comédienne. Elle réinventait ces grandes histoires merveilleuses, les tissant de poèmes et de songes. J'étais nourri à la fois aux sources écrites, les romans que je lisais seul, et orales, les contes de ma grand-mère. Elles m'enrichirent également. Pour cette raison, j'entends souvent des voix lorsque j'écris mes romans. Mes personnages prennent la parole, mes terroristes s'adressent directement au lecteur, ce qui choque les critiques. Les compagnons et les épouses de Mahomet mêlent leurs chants anciens. Le consul Aristides de Sousa Mendes, qui a sauvé des milliers de juifs en 1940 et qui est mort dans la misère pour prix de son acte de bravoure, m'a parlé pendant des semaines de sa vie et de son œuvre, et je n'ai fait que retranscrire ce qu'il me confiait. J'entends ces voix qui m'assiègent, comme le disait Assia Djebar. Cela, je le dois à ma grand-mère, morte d'un cancer du sang à soixante ans.

Je me souviens d'un hiver particulièrement rigoureux à Annaba, où il était tombé de la neige. Mes doigts me cuisaient tant il faisait froid. Je rendais visite à ma grand-mère en revenant de l'école. Elle préparait de la galette sur un tajine. Je me souviens qu'il faisait très chaud dans la cuisine, son domaine, où elle régnait sans violence et retournait le pain qui cuisait sur le brasero à gaz. Je m'y sentais bien, la douleur froide abandonnait mes articulations, quittait mon corps.

Quand je tombais malade, je me réfugiais chez elle. Je dormais dans son grand lit, sous d'épaisses couvertures. Elle me massait avec de l'Algipan, une pommade chauffante qui calmait mes douleurs articulaires. Elle me racontait les voyages qu'elle avait faits en Tunisie et qui me faisaient rêver, moi qui ne voyageais jamais. Je passais ainsi deux ou trois jours chez elle, le temps de guérir de la crise de drépano, puis remontais chez mes parents qui habitaient à l'étage au-dessus, ce dont se plaignait mon père qui n'aimait pas ses beaux-parents. Il avait quitté Alger où il était né après s'être brouillé avec sa mère et sa sœur, qui n'acceptaient pas son mariage avec ma mère. Il se sentait en exil à Annaba, un peu comme un Parisien de naissance qui se retrouverait à Marseille.

Chaque fois que nous retournions à Alger, nous logions chez mon oncle Boualem, qui vivait à Blida. Aujourd'hui encore, je vais chez lui lorsque j'ai besoin d'un toit dans la capitale. À Blida, les gens vivent claquemurés, enfermés dans leurs maisons de la banlieue algéroise, derrière de hautes grilles et des portails métalliques. La guerre civile a fait des ravages et on se méfie encore de ses voisins.

J'ai vu grandir tous les enfants de Boualem. Je les ai vus se marier et faire des enfants à leur tour à la grande joie de mon oncle, un homme d'une grande piété qui n'a jamais perdu son sens de l'humour. Depuis qu'il est à la retraite, il ne dort plus pour aller à la mosquée la nuit. Il se réveille toutes les deux heures, enfile ses claquettes et s'en va prier pour nos âmes qui en ont bien besoin. Tonton Boualem déteste les salafistes, qui portent de longues barbes et endoctrinent les Algériens en leur racontant des balivernes sur l'islam, une religion simple selon lui. Je l'ai vu s'énerver parce que sa fille voulait qu'il emmène son petit-fils de cinq ans à la mosquée. L'enfant n'avait rien à y faire selon mon oncle, n'ayant pas encore l'âge de raison. Ma grand-mère, elle non plus, ne voulait pas que je prie avant de comprendre les choses de la vie. C'est tant mieux, je ne les ai toujours pas comprises.

Enfant, j'imaginais que je retrouverais après ma mort tous les êtres que j'aimais. Nous ne serions plus jamais séparés. Dieu, qui était bon, nous réunirait à nouveau. Je retrouverais ma sœur, perdue dans cette nuit noire, qui nous attendait depuis longtemps, ma mère, mon père et moi.

Je n'avais pas peur de mourir. La vie était un passage et j'étais un enfant plutôt courageux. J'étais très souvent malade, souffrant de drépanocytose, une maladie génétique du globule rouge. J'allais d'hôpital en hôpital et je ne craignais rien car je n'avais connu que la douleur et la tristesse. La religion est un état maladif du corps et de l'âme. Tout le monde n'est pas Zarathoustra et Dieu n'était pas encore mort dans mon esprit même si chaque jour mon corps me prouvait le contraire.

En ce temps-là, Dieu était clément et miséricordieux, la fureur d'Allah ne s'était pas encore déchaînée. Le bon Dieu me protégeait, Il me réconfortait, Il me conduisait par la main à travers les épreuves que je traversais. En ce temps-là, je vivais tous les jours avec la certitude de mourir bientôt. Je n'avais pas dix ans et ma sœur était morte l'année de mes neuf ans. Je me rappelais encore la couverture bleue qui l'enveloppait pendant que mon père la tenait serrée contre lui : nous roulions dans la nuit noire, c'était l'été à Annaba, et la mort s'était invitée dans ma vie pour n'en plus jamais sortir. Pour la conjurer, je jouais au chat et à la souris avec elle. Le carrelage de notre appartement était blanc et vert. Pour la tenir à distance, je marchais sur les carreaux verts, sautant de l'un à l'autre, en diagonale, sur un pied, en me répétant mentalement que je ne mourrais pas si je parcourais toute la pièce à cloche-pied. Je réussissais toujours. Je me souvenais encore de la serviette bleue.

Je croyais en une existence posthume. Pour retrouver mes êtres chers, il me faudrait mener une vie exemplaire, obéir à des lois contraignantes : faire la prière, jeûner pendant le ramadan, ne pas boire d'alcool, ne pas mentir, voler, tricher, jouer, rire, respirer… Je tentais de faire mes cinq prières quotidiennes mais je me lassais très vite. Je n'ai jamais pu me plier à la moindre discipline, hormis celle d'écrire, qui est venue plus tard. Quant au jeûne, mon état de santé ne me permettait pas de l'observer, et puis mes parents s'en moquaient. Mon père s'était mis à boire, lui et ma mère à ne plus s'entendre, ma santé à décliner. Les crises de drépanocytose devenaient de plus en plus douloureuses. Le Dieu que l'on me dépeignait en classe ne nous promettait que l'enfer après les tourments que je vivais dans ma chair. Allah c'était ces enseignants qui nous battaient, ces voisins ignares qui savaient tous comment gagner le paradis et qui pourtant n'auraient pas mérité de garder un chien.

Je me consolais en lisant. Je ne vivais plus qu'au travers des romans, tous ceux que je dénichais. Je passais mes étés volets fermés pour ne pas avoir trop chaud, ma lampe de chevet allumée alors que dehors le jour incendiait le monde : Jules Verne, *Deux ans de vacances*, *Le Père Goriot*, Philip Marlowe, *La Grande Fenêtre*, et ce corps qui me trahissait, m'empêchait de vivre, ce corps douloureux et mortel disparaissait, englouti par le monde qui se déployait dans mon esprit pendant que je lisais à en perdre le souffle, du matin et jusque très tard dans la nuit, je n'étais plus ce jeune garçon chétif qui pensait à la mort tous les jours parce qu'il avait perdu sa sœur, je n'étais plus le fils de mes parents qui se déchiraient et ne parvenaient pas à surmonter la mort de leur fille, je n'étais même plus un jeune Algérien puisque les livres me donnaient toutes les nationalités du monde et m'offraient tous les voyages.

Combien j'eusse aimé être comme tous les autres enfants et aller à la plage pendant mes étés. J'avais des allergies, mes pieds et mes mains gonflaient : je devenais comme le bonhomme Michelin. Si j'en plaisante aujourd'hui, à l'époque je craignais de mourir étouffé par un œdème de Quincke bien que Dieu me protégeât. Les médecins m'avaient interdit les bains de mer de crainte d'un choc anaphylactique. Alors je lisais les livres achetés par mon père dans les années soixante-dix quand l'Algérie de Boumediene en importait des cargaisons : beaucoup de polars, Balzac, *Les Misérables*, *Les Mille et Une Nuits*, des romans contemporains... Ce n'est pas la littérature qui a gagné à la fin, malgré l'importation massive destinée à cultiver les Algériens, mais le Livre des Châtiments, pas d'Hugo, les châtiments éternels promis à un peuple de masochistes.

Je rêve de recommencer une enfance et de passer ma vie au bord de l'eau, de me baigner chaque jour que Dieu défait...

Je perdis la foi à quinze ans en lisant Rimbaud et Nietzsche.

Dieu était mort et Zarathoustra vint me l'annoncer en classe de seconde. Je reçus la nouvelle comme une claque même si je ne la comprenais pas très bien. Je subodorais quelque chose d'obscur derrière cet attentat. Nietzsche semblait pourtant sûr de son fait. Et qui était ce Zarathoustra ? Un prophète oriental... Je relus le livre sans y comprendre rien hormis cette mort inouïe. Je plongeai ensuite par-delà le bien et le mal, et je tuai l'idée de Dieu en moi. Étais-je libre pour autant ? Pas si sûr, mais je pouvais enfin penser par moi-même, ne m'interdisant pas de revenir à Dieu un jour.

Je me désintoxiquais lentement de ces liens religieux et nationaux. Je me reconnus à vingt ans dans le *Portrait de l'artiste en jeune homme* de Joyce. J'avais suivi l'évolution de cet enfant devenu jeune homme et qui, au seuil de l'âge adulte, s'en remettait à la seule foi promise par l'art, même si je n'avais jamais rencontré de jeune fille qui ressemblât à un cygne en me promenant sur les plages d'Annaba. Les belles filles aux longues jambes, je les retrouverais plus tard lorsque l'adolescence se serait évanouie depuis longtemps.

En ce temps-là, j'étais encore au lycée français ou ce qu'il en restait. Les Algériens comme moi n'avaient plus le droit de le fréquenter après qu'un général eut vu l'inscription de son fils refusée par le lycée d'Alger. Il s'ensuivit une affaire politique de première importance qui remonta jusqu'à la présidence, et enfin la décision courageuse des autorités algériennes d'interdire à tous les jeunes Algériens de fréquenter un établissement étranger. Une merveille de politique comme il n'en existe que dans notre beau pays. Puisque son ignare de fils ne pouvait y mettre les pieds, le général d'une armée morte interdisait donc aux autres de continuer leurs études.

Pour couronner le tout, la même année, en octobre 88, éclatèrent les célèbres émeutes qui mirent l'Algérie à feu et à sang et changèrent son destin pour le pire. J'échappai de justesse à la mort : une rafale de mitraillette avait cisaillé les branches des arbres au-dessus de ma tête alors que je rentrais chez moi. J'entends encore le crépitement des branches coupées sec et vois les feuilles tomber autour de moi comme une pluie de verdure. Je revenais du lycée qui surplombait la caserne d'Annaba et descendais vers le tribunal. Imaginons un instant que j'eusse reçu ces balles qui avaient tué un badaud qui passait par là au même moment. Ce livre n'eût pas existé et toute mon œuvre eût rejoint l'obscure région des rêves inaccomplis, cimetière où se mêlent les œuvres perdues de l'humanité.

Du jour au lendemain, on s'était retrouvés dans un lycée « algérianisé » : un bricolage à cheval sur deux systèmes éducatifs incompatibles.

Le premier matin, dans ce laboratoire d'un genre nouveau, on nous aligna dans la cour comme de petits soldats pour le lever des couleurs, et l'hymne national algérien finit par retentir pour bien nous apprendre qui nous étions. Tout le monde hua cette comédie d'un autre temps. L'exercice martial ne fut pas renouvelé. Nous étions des têtes brûlées et notre scolarité ressemblerait à ce premier moment dans la cour de récré, une perpétuelle remise en question du nouvel ordre scolaire. Cette expérience m'a forgé en grande partie.

À présent, je refuse toute forme d'engagement, tout ce qui, de près ou de loin, ressemble à de l'endoctrinement. Je rejette ces valeurs que l'on veut inculquer de force aux jeunes hommes et femmes de tous pays afin de les envoyer à la mort : l'ordre, l'obéissance, la nation, la religion. De la merde. Je déteste les armées, je me méfie des polices, je n'écoute jamais les sermons. Un discours politique me semble tout de suite suspect sinon creux, j'ai connu les pires exemples de politiciens et je sais que ces derniers ne sont guidés que par leur intérêt ou le désir de gloire, rares ceux qui se sacrifient pour les autres. En cela, je ressemble beaucoup à la jeunesse actuelle qui se désintéresse de la politique, ennuyée par des palabres sans fin et mensongères.

Notre professeur de français de l'époque, Ali Rachedi, qui enseignait dans ce lycée franco-algérien, nous déclara que le caractère sacré du Coran, texte dicté par Dieu, était une ânerie, un mensonge, et qu'il valait mieux lire *La Divine Comédie* de Dante dont le sens lui paraissait plus clair et l'harmonie évidente. Ali Rachedi était docteur en langue italienne. C'était la première fois que j'entendais un Algérien s'exprimer ainsi. Ce fut donc un choc. Je tenais encore le texte coranique pour inimitable et indépassable même si ma croyance en Dieu avait déjà été mise à mal, essentiellement par mes lectures du Coran. Cette litanie de châtiments et de menaces m'avait refroidi. Une vérité qui ne tient que par la terreur est un mensonge qui avance masqué. Pourtant, on ne se débarrasse pas ainsi de centaines d'années de propagande religieuse. Le Coran est inimitable faute de candidats à la falsification. Par le passé, il a peut-être existé des hommes peu scrupuleux, mais j'en doute, le problème n'est pas là.

On a retrouvé deux pages d'un coran datant du VIe siècle dans la bibliothèque de l'université de Birmingham. Le manuscrit aurait été rédigé entre les années 568 et 645 de notre ère, ce qui le rend contemporain de Mahomet. Ces deux pages ne diffèrent pas de celles que l'on connaît aujourd'hui. Cela tendrait à prouver une permanence du texte coranique et irait à l'encontre de toute une branche de la philologie orientaliste qui affirme que ce texte a subi des altérations au cours des siècles.

Je crois, pour ma part, que l'altération a eu lieu après la mort de Mahomet lorsqu'il n'a pas désigné de successeur. On a rassemblé le texte à la hâte de peur de le perdre et dans un grand désordre. Les manuscrits du Coran découverts à Sanaa, au Yémen, contemporains eux aussi de Mahomet, tendent à accréditer cette thèse. À l'époque, cela n'était pas un problème, les gens se souvenaient encore de la manière dont le Prophète récitait le Coran mais, le temps passant, il n'est resté que le livre que l'on connaît aujourd'hui et, de toute évidence, il comporte des incohérences dues au caractère hâtif de sa fabrication. Ces faits expliquent la polémique qui conduisit à l'assassinat du calife Othman, accusé d'avoir altéré le Coran.

Le vieux calife, avec les moyens du bord, avait rassemblé les fragments du texte notés sur des tablettes, des parchemins et même des omoplates de chamelle. Il en fit un manuscrit pour conserver la parole sacrée transmise par Mahomet à ses compagnons. Mit-il un peu d'ordre dans ce vaste puzzle ? Cela n'est pas certain non plus. Ajouta-t-il au désordre ? Quoi qu'il en soit, on a perdu le fil que déroulait à merveille Mahomet pendant ses prières et ses prêches. Son génie résidait dans cette récitation qui devait être en son temps un chef-d'œuvre d'art et d'éloquence : elle imitait la parole divine et j'imagine que l'homme était même capable de changer de voix pendant sa récitation. Cette œuvre renouvelée et infinie tant que Mahomet était vivant s'est perdue. Le livre que nous a légué Othman, un vieil homme sans talent, a étouffé voire éteint la divine parole. La partition est la même, mais la musique s'est évanouie. L'architecte de l'ensemble coranique, Mahomet, avait emporté le secret de sa composition avec lui. Il ne désigna pas de successeur, se fiant peu aux capacités de « récitation » et d'invention de ses compagnons et ne voulant pas nommer de nouveau prophète qui eût altéré et détruit l'œuvre de Dieu, son œuvre aussi.

Autre problème, contemporain celui-ci : la prononciation. Les premiers manuscrits du Coran ne comportaient pas de signes diacritiques qui nous eussent permis de connaître avec certitude la manière dont le texte était dit et sa signification. En arabe, un même mot peut avoir plusieurs sens selon la manière dont il est prononcé. Il existe certes une lignée de lecteurs qui remonterait à Mahomet. Mais il y a plusieurs traditions et plusieurs manières de réciter le Coran, ce qui est beaucoup pour un seul prophète et un seul

Dieu. Sans aller plus loin, cela ne résout pas le caractère obscur du texte religieux, bien que cette opacité originelle tende plutôt à en attester l'authenticité. De l'incompréhensible naît le mystère, un écrivain en est conscient, un prophète encore plus. Une falsification eût conduit à simplifier un texte ardu par nature, à lever certaines obscurités, ce qui est loin d'être le cas.

Les sourates et les versets sont bien les paroles dites par Mahomet à divers moments de sa vie. Le Coran, en revanche, n'est qu'un manuscrit parmi d'autres, voire une compilation ou un bricolage hâtif de scribes sans génie. Le travail entrepris par le calife Othman ne fut jamais achevé, empêché par ceux-là mêmes qui refusaient que l'on touchât à la parole d'Allah, ne serait-ce qu'en la couchant par écrit. Avaient-ils tort ou raison ? Je ne le sais. On peut toutefois les comprendre. Les « récitants » tenaient le Coran de la bouche même de Mahomet et détenaient donc la Vérité. Ils ne voulaient en aucun cas la voir figée dans un livre qui ne respecterait pas la manière dont Mahomet la déroulait devant son auditoire : elle était parole vivante et devait le rester. Mais les *qurra'*, qui avaient connu Mahomet, moururent, et la Vérité avec eux.

La parole vivante des origines ne survit plus dans un texte incompréhensible aujourd'hui. Celui-ci a suscité une glose importante jusqu'au Xe siècle, puis cette dernière fut à son tour interdite par les extrémistes qui voyaient bien que les interrogations devenaient de plus en plus importantes à mesure que le temps passait et que la mémoire des premiers moments de l'islam s'effaçait. Aujourd'hui, les musulmans – les imams et les pseudo-savants, les *oulémas* – considèrent que tout a été dit sur le Coran depuis près de dix siècles, ce qui est un mensonge. L'affaire est entendue selon eux, nul besoin d'ouvrir à nouveau le dossier.

Évoquer le statut particulier du Coran d'Othman, par exemple, est considéré comme blasphématoire. Faire la distinction entre la parole et l'écrit peut vous conduire à l'échafaud puisqu'on a considéré que la récitation à partir du manuscrit était suffisante pour donner à entendre la parole de Dieu. Pourtant rien n'empêche de considérer que celle-ci est artificielle et ne rend en rien la singularité du message transmis par Mahomet en son temps. On peut très bien se dire que le Coran est mort avec Mahomet et cela ne serait pas scandaleux, au contraire, sinon Mahomet lui-même se serait empressé de désigner un successeur pendant son agonie. Les chiites considèrent Ali comme le continuateur voulu par Mahomet, ce qui, à la rigueur, est plus logique. Mais Ali est mort lui aussi et ses fils et petits-fils à leur tour. Qu'à cela ne tienne, les chiites invoquent douze imams cachés, Ali étant le premier et le Mahdi le dernier dont le rôle sera d'annoncer la fin des temps. Dans ce cas précis, la prophétie est une ligne continue depuis

Mahomet, mais l'on voit bien qu'il s'agit là de spéculations à caractère métaphysique qui ne visent qu'à faire perdurer une illusion : la continuité du message prophétique.

Ce jour-là, en classe, il s'ensuivit une grande polémique entre ceux qui soutenaient le caractère divin et inaltéré du Coran et les autres, deux ou trois têtes brûlées dont je ne faisais pas encore partie. Mais la dispute eut le mérite de me faire réfléchir. Aujourd'hui encore tout ce qui touche au Coran m'intéresse au plus haut point. Je n'ai toujours aucune certitude. À ce propos, je préfère m'en tenir à la recherche qui avance. La vérité est en marche et rien ne l'arrêtera. Il suffit pour cela d'être patient et de rester ouvert à la discussion. Malheureusement cette discussion est interdite en islam et je risque ma vie pour ce que j'écris là.

À la fin de cette année de première au lycée « franco-algérien », je décidai que la poésie et Dieu ne faisaient pas bon ménage ; il fallait choisir son camp : la liberté ou la sujétion. Je choisis de m'en remettre à mon bon vouloir, de vivre poétiquement. Je vous assure que cette décision, dans l'Algérie de la fin des années quatre-vingt, n'était pas seulement une posture d'adolescent mais un véritable défi lancé à la face de la société.

Je me souviens d'un camarade de classe dont je tairai le nom, il pourrait me faire un procès. On ne peut plus citer personne dans un livre sans risquer le jugement de cour qui sera noir. Ali lisait Rimbaud et fumait des pétards quand il n'était pas saoul. Il connaissait Lautréamont et Nietzsche aussi. Tombé follement amoureux d'une belle condisciple qui le répudia après quelques semaines, il s'enfonça dans une mélancolie noire, se suspendant par les pieds aux branches des arbres ou à la barre transversale de la cage de but du terrain de foot. Il commit même un larcin qui lui valut d'être emprisonné pendant une nuit, le temps que son père, un notable, le sortît de là pendant que ses complices écopaient de quelques semaines à l'ombre.

Un matin, pour ennuyer notre professeur d'arabe, M. Atrouss (« M. Le Bouc »), un homme plutôt bienveillant et croyant, Ali remplaça le *Bismillah Al Rahman Al Rahim*, « au nom d'Allah le Clément le Miséricordieux », par un « au nom d'Ali, le Clément le Miséricordieux »... Courage ou bêtise, j'admirais ce dingue, bien qu'attristé pour notre professeur qui fut choqué par ce blasphème. Des voix s'élevèrent dans la classe promettant une damnation éternelle au blasphémateur, qui se marrait en assaisonnant d'autres sourates à sa guise. Le damné Ali ne fut foudroyé ni ce jour-là ni les suivants, sinon par son penchant immodéré pour le cannabis et la mélancolie amoureuse.

À la même époque, je rencontrai Arthur Rimbaud et son bateau ivre. L'espèce de garçon dont

Ali m'eût plutôt dégoûté tant il était une vivante caricature de l'adolescent qui s'était emparé du poète pour sa consommation personnelle. Il n'avait gardé que le folklore : les lettres à Izambard et à Demeny, la révolte et le dérèglement de tous les sens. Il s'y appliquait avec une certaine méthode, il faut le lui reconnaître. Pour ma part, je m'en tenais au texte, à la lettre « coranique », n'oublions pas que j'étais versé dans les écritures, biberonné aux sermons et à la fureur d'Allah. Je me méfiais des programmes en général et surtout des commentaires et falsifications dont sont tissées les religions. *Le Bateau ivre* et les *Illuminations* me rendirent fou d'amour pour la poésie de Rimbaud et pour le poète voyant : le silence à vingt ans, la disparition au Harar, Aden... La crudité d'*Une saison en enfer* – j'ai aimé un porc –, les fulgurances des *Illuminations* – j'ai embrassé l'aube d'été – m'enchantèrent comme le génie de la lampe qui se frotte à la main d'Aladin avant de s'évanouir dans l'éther. Ce jeune homme se révoltait contre Dieu, assistait à la Commune, et demeurait un mystique aux semelles de vent qui mourrait comme un Arabe, en faisant sa profession de foi.

Mon imaginaire s'était affranchi avec cette lecture renouvelée pendant des années. Et à présent quand il m'arrive, en de plus rares occasions, de relire *Le Bateau ivre*, je retrouve ces premiers moments où mon cerveau d'enfant s'était mis à entendre une musique nouvelle.

Chez nous, il n'y avait qu'un problème philosophique véritablement sérieux : faire ou ne pas faire le ramadan.

Nous redoutions l'arrivée du mois de ramadan. C'était une peste qui s'abattait sur tout le pays. Pour commencer, le jour était remplacé par la nuit : on voulait bien jeûner mais endormi, comateux même. La plupart des gens prenaient leurs vacances annuelles pour pioncer pendant que le soleil d'Allah brillait. On se réveillait en toute fin d'après-midi avec une gueule de bois carabinée, sans avoir bu une goutte d'alcool. C'est l'effet ramadanesque, cette tête de plomb, une haleine fétide et une humeur massacrante qui poussait certains à s'entre-tuer pour une broutille. On disait alors : Ramadan lui est monté à la tête. Ramadan était une divinité maléfique qui ressemblait à Kali et que nous envoyait Allah pour nous punir, croyants et incroyants. Lorsque vous paraissiez fatigué, il y avait toujours un idiot pour vous dire que Ramadan vous avait vaincu, par K-O.

Ramadan c'était le gars vicieux qui vous faisait commettre des actes répréhensibles en plus de vous assommer à coups de gourdin. Il fallait attendre la nuit pour que la vie reprenne ses droits et avec elle son cortège de vices. On s'empiffrait à s'en exploser la panse avant de se déverser dans la ville comme une marée noire. On jouait aux cartes, aux dominos, on pariait, on draguait, on baisait pour oublier le jour à venir où tout serait interdit hormis le sommeil et la mort. Pendant la journée, tout était fermé en ville, sauf le marché où l'on s'approvisionnait pour la grande bouffe du soir que l'on appelait pudiquement le *ftour*.

Je ne faisais pas le ramadan, mes parents non plus, comme grand nombre de mes amis. Surtout à l'université où je fréquentais d'anciens communistes qui avaient perdu toutes leurs illusions révolutionnaires mais qui refusaient de jeûner en vain. C'était pratique. Comme il fallait se cacher pour manger, nous nous retrouvions dans leur chambre d'étudiant. Sinon je rentrais chez moi pour déjeuner en paix. J'y trouvais souvent mon père ou ma mère qui fumaient en ouvrant grand les fenêtres pour que les voisins, transformés en chiens renifleurs, ne sentent pas l'odeur de la cigarette.

Pourquoi observer le jeûne si toute une société le vidait de son sacré et en profitait pour se livrer aux pires excès ? Nous étions paradoxalement des ascètes… Nous menions une vie saine et sans ostentation. En revanche, pour être normal et ne pas mourir assassiné, il fallait se cacher comme les oiseaux. Les Frères vigilants veillaient à ce que vous respectiez leur Loi : tu ne mangeras point. Cela avait commencé juste après l'indépendance de l'Algérie. Les flics ramassaient les dé-jeûneurs qui se croyaient encore aux jours heureux de la colonisation où l'on pouvait manger pendant le ramadan sans rendre de comptes à personne. Ensuite tout le monde se mit à l'heure du colonel Boumediene, bien avant l'arrivée des islamistes. Jamais dans l'Algérie indépendante il n'y eut, comme en Tunisie sous Bourguiba, la possibilité de ne pas jeûner. La liberté de conscience reste encore à inventer chez nous. Il paraît qu'à Istanbul, sous le régime de l'AKP, on peut vivre normalement pendant le ramadan, aller au restaurant, prendre un verre, sans gêner personne. C'est peut-être une illusion mais ce mirage me laisse rêveur… Je n'ai connu que l'angoisse d'être démasqué par mes voisins, mes condisciples à l'école puis à l'université, et finalement cette crainte est devenue un jeu. Je m'amusais même à déclarer que je ne faisais pas le ramadan sans être cru tant la chose était impensable. Il y a bien un impensé chez certains peuples, le ramadan est notre angle mort psychologique. Je pouvais mâcher du chewing-gum pendant une journée sans que personne ne s'en rendît compte parce que la chose était inconcevable. C'était tellement inouï que cela en devenait impossible.

À l'université, je demandai un jour à une étudiante qui ramadanait comme tout le monde pourquoi elle se sentait offensée que je ne le fisse pas. Je ne l'empêchais pas de jeûner pourtant. Elle me répondit que cela lui gâchait son jeûne. Sans rire, avec un aplomb sidérant, elle n'en démordait pas : cela l'empêchait autant que ses menstrues qui étaient cause d'impureté et annulaient donc le ramadan de ces dames… C'était une jeune femme qui parlait ainsi : elle ne portait pas le voile, avait des allures modernes, mais sa cervelle était rongée par la maladie, cette saloperie qui a zombifié toute une civilisation.

La vingt-septième nuit du ramadan est appelée nuit du destin car Mahomet reçut sa première révélation à ce moment-là, « Lis au nom de ton Dieu »... Mahomet aurait répondu : je ne sais pas lire. L'archange Gabriel le jeta par terre, le malmena et le força à lire les signes évidents. C'est très bien un Dieu qui vous donne à lire, je n'ai rien contre.

Dans mon roman *Le Silence de Mahomet*, j'ai supposé que notre prophète savait lire, contrairement à la légende. Un caravanier aussi important que lui ne pouvait être illettré. C'était un notable et un homme au-dessus des autres même si, en islam, on se plaît à amoindrir cet être exceptionnel car Allah seul est maître de nos destinées. On prend les armes dès qu'il est insulté ou caricaturé, mais en vérité nous l'avons nous-mêmes rabaissé en prétendant qu'il ne savait rien et n'était que le réceptacle de la parole divine. Il fallut bien dix siècles d'idéologie rétrograde, dont le dernier avatar est le wahhabisme, pour en faire une personne comme les autres, une absence que l'on manipule comme un pantin.

On raconte dans toutes les bonnes familles musulmanes que le ciel s'est fendu pour laisser passer Gabriel et que pendant la vingt-septième nuit, si vous êtes un jeûneur émérite, le ciel s'ouvrira pour vous aussi. De nombreuses personnes attendent ce miracle pendant la période de jeûne. Pour ma part, je n'ai jamais entendu dire que cela était arrivé à quiconque en Algérie ni dans le reste du monde arabo-musulman. Plus depuis les grands mystiques comme Ibn Arabi ou Rûmi. L'esprit ne souffle pas n'importe où. C'est un signe évident que cela. Allah seul sait qu'il y avait en ce temps-là, au pays des chimères qui me vit grandir, des croyants et des jeûneurs dont l'observance et la religiosité eussent fait pâlir l'Envoyé de Dieu lui-même.

La *Sîra Annabaouia*, la biographie du Prophète, rapporte qu'un croyant se serait présenté à Mahomet pour le reprendre sur le dogme, rajoutant de la contrainte et de la difficulté à une religion très simple au final : la profession de foi, cinq prières par jour, le jeûne pendant le mois de ramadan pour ceux qui le peuvent, un pèlerinage à La Mecque dans sa vie, là encore Allah n'est pas obligé, l'aumône dans la limite de ses moyens. Eh bien, cet homme voulut être plus prophète que le Prophète : plus de prières, plus de jeûne, plus d'aumône, etc. Mahomet fut profondément agacé par cet énergumène :

il le congédia sans ménagement. J'ai l'impression que cette espèce d'homme, qui horripilait Mahomet, a depuis proliféré, devenant la norme dans nos pays d'islam.

Beaucoup de propos insensés sont tenus sur Mahomet, connu des musulmans sous le nom de Mohammad. La vie et l'œuvre du Prophète sont si méconnues, des musulmans même, qu'elles prêtent à des falsifications et à des mensonges dont se servent les sicaires d'Allah pour justifier leurs crimes. Aussi, il est bon de rappeler quelques faits. Mohammad serait né à La Mecque en 570 après J-C. Année désignée par les chroniqueurs musulmans comme étant celle « de l'Éléphant », en référence à la tentative avortée de détruire La Mecque par les troupes d'un général abyssin du nom d'Abraha. Le Coran évoque cette expédition dans une sourate éponyme. Orphelin, Mohammad est adopté par son grand-père, Abd al-Mouttalib, puis confié à la garde de son oncle, Abou Tâlib, qui prendra soin de l'enfant et l'initiera au commerce caravanier.

Le jeune homme voyage en Syrie, comme l'atteste la chronique dans laquelle la rencontre avec un moine chrétien du nom de Bahira ou Bouhayra ne fait que confirmer son destin prophétique. À vingt-cinq ans, toujours selon les rédacteurs de la *Sîra*, Mohammad est employé par Khadija, une riche commerçante âgée de quarante ans, divorcée par deux fois. Celle-ci l'épousera, gagnée par sa probité, son intelligence et par le charisme qu'il manifestera tout au long de son existence. Elle lui donnera de nombreux enfants, mais seules deux filles survivront. La plus connue est Fatima, la future épouse d'Ali, cousin de Mohammad et fondateur – bien malgré lui – du chiisme. Pendant ces années, l'homme qui s'appellera Mohammad se retire souvent des affaires du monde pour des retraites de plus en plus longues dans le désert ou sur les collines de La Mecque.

À quarante ans – chiffre emblématique, nous verrons pourquoi –, Mohammad reçoit la première révélation : « Lis au nom de ton Dieu qui a créé ! »

L'homme de Dieu est illettré, selon la tradition ; plus exactement, il est *ummî*. Le terme revient à de nombreuses reprises dans le Coran et pose quelques problèmes philologiques et étymologiques qu'il serait ardu d'évoquer ici.

Mais l'étude du mot *ummî* ne renvoie pas forcément à l'illettrisme en tant que tel et ne prouve rien, hormis le fait que l'homme, comme une grande partie des Mecquois, n'appartenait pas à une religion révélée, à l'inverse des chrétiens et des juifs. Comment imaginer un caravanier prospère, placé par une femme puissante et riche à la tête d'une entreprise importante, incapable de dresser ses listes de marchandises et de les noter, à moins de supposer qu'un secrétaire, qui savait lire et écrire, l'accompagnait dans toutes ses équipées ?

Autre problème : pourquoi cette récurrence de l'âge fatidique de quarante ans sous la plume des chroniqueurs ? L'âge de Khadija lors de son mariage avec Mohammad, la première révélation... Pour Hichem Djaït, historien de l'islam et auteur de *La Vie de Muhammad*, le chiffre, dans les deux cas, est probablement une convention. De même, Mohammad, loin d'être né en 570, serait né bien plus tard, en 580, voire au tournant du VIIe siècle ! La razzia d'Abraha contre La Mecque date selon les historiens de 547 ! Il faut donc imaginer Mohammad en jeune prophète et guerrier vigoureux d'une religion conquérante. Sinon on ne s'explique pas sa participation à la bataille de Badr ou au siège de Médine à plus de cinquante ans, âge canonique pour l'époque. Il serait mort moins âgé, en 632, à l'évidence. Mais en histoire, il faut se méfier des évidences.

Alors, que penser de la chronique, de la *Sîra* ? Récit fondé sur l'histoire ou aimable roman ? Les deux sans doute. Il ne faut pas perdre de vue que les chroniqueurs de la vie de Mohammad sont contemporains des empires omeyyades et abbassides. Ainsi le plus ancien, Ibn Ishâq, vécut au IIe siècle de l'Hégire, soit plus de cent cinquante ans après la mort de Mohammad. Ibn Hichâm relata l'existence de Mohammad bien plus tard encore. On doit donc lire la *Sîra* entre les lignes.

Mohammad fut à la fois le Prophète de Dieu, le fondateur d'une civilisation et un génie universel ouvert aux deux autres monothéismes. L'homme fut écrasant pour ses contemporains et ses successeurs au point que certains cherchèrent à enjoliver ce qu'ils ne comprenaient pas ou à masquer ce qui contrariait leurs ambitions, qu'elles fussent spirituelles ou temporelles. Mohammad, lui, se plaisait à dire qu'il avait aimé trois choses dans sa vie : la prière, les parfums et les femmes. On gagnerait tant à le croire.

J'avais vingt ans et l'Algérie s'enfonçait dans la guerre. Quelques mois avant l'assassinat de Mohamed Boudiaf, en juin 92, j'avais fait un exposé sur Rimbaud devant mon professeur de français, un islamiste. Chose rare pour l'époque. À la fin de ma présentation, le bonhomme, devant la classe, pérora sur Rimbaud, selon lui un poète mineur. Je lui demandai pourquoi. Il me répondit : il était athée. Que rétorquer à cela ? Le règne des sots avait commencé. Je finis par lui citer *Une saison en enfer* : « Il faut être absolument moderne. Point de cantiques : tenir le pas gagné. »

Je revois encore la tête de ce professeur, la lèvre surmontée d'une moustache ridicule, une calvitie sur un crâne sombre. Aucune lueur d'intelligence dans le regard, de la malice seulement et cette mauvaise foi caractéristique des pseudo-religieux que l'on avait placés à l'université pour surveiller et dompter les étudiants un peu trop libres. Il appartenait à la sécurité militaire. Il y en avait deux ou trois dans le seul département des langues étrangères dont un certain M. Assouan, un ignare que j'avais eu comme professeur d'histoire littéraire et qui, aux dernières nouvelles, sévit toujours. Il m'avait un jour traité de fils de pute parce que je lui piquais les étudiantes sur lesquelles il fantasmait, le malheureux. Quant à l'autre énergumène, il s'était fait virer de la faculté de Béjaïa où les étudiants kabyles l'avaient pris en grippe. Je les comprenais. Il me donnait de sacrées courbatures à s'exprimer de la sorte sur ce qu'il ne connaissait pas. Longtemps je me suis demandé qui avait permis à de tels idiots d'enseigner la littérature française. Appointées par l'armée algérienne, ces créatures étaient là pour détruire ce qu'elles ne comprenaient pas.

Je ne me fis pas un ami ce jour-là. J'étais catalogué et pour longtemps : crypto-communiste et athée. La guerre civile vint fort à propos, sauvant des étudiants comme moi qui ne professaient aucune foi et n'aimaient pas les militaires. La fureur guerrière des islamistes représenta un tel danger pour eux qu'ils n'eurent plus le temps de s'occuper de nous. Je n'eus que des notes moyennes avec ces professeurs encasernés. Aussi je ris souvent lorsqu'on tente de m'infléchir comme l'arc d'Ulysse pour tirer une flèche que je n'ai pas taillée de mes mains : on ne me fera jamais dire ce que je ne pense pas.

Je m'étais fixé un programme d'études : vivre, rattraper le temps perdu. C'était d'autant plus important que j'avais été un enfant malade et un jeune homme timoré, angoissé par la mort. Je me mis donc à sortir avec des filles. Les femmes me font souffrir et m'apportent les plus grands plaisirs de mon existence. Et j'espère que cela continuera encore longtemps. Sinon la vie ne vaut d'être vécue. Je ne suis pas d'accord avec Spinoza qui condamne les jouisseurs au prétexte que s'ils devenaient impuissants leur vie s'écroulerait. Mon cher Spinoza, il leur restera des souvenirs, des parfums, des songes, et des mains pour caresser, des lèvres pour embrasser…

L'Algérie a tout fait pour l'incompréhension entre les sexes. Au début de ma scolarité, l'école n'était pas mixte et il me fallut entrer par effraction dans un collège français pour voir des jeunes filles qui m'intimidaient terriblement. J'étais puceau et je le restai longtemps. Je me demande si je me suis jamais véritablement affranchi de ces premières années, si je n'en ai pas conçu, à force de frustrations, une sexualité plus étrange, une recherche de l'absolu teintée par de nombreuses obsessions. Une grande partie de ma vie sexuelle avait été solitaire et il me fallait donc remédier à cela.

Je courus les filles et c'était la chose la plus amusante à faire pendant mes études en Algérie, et de loin. La littérature, je la pratiquais seul depuis que j'avais dix ans en même temps que la masturbation. J'arrivais en classe quand je le voulais et en repartais au plus tôt. J'avais toujours de bonnes notes et je voulais écrire. L'université, c'était les copains et les copines. Mais ces dernières, cadenassées par la religion et le conformisme social, étaient inabordables. Le tabou de la virginité était encore très important. Aujourd'hui aussi, mais je ne vis plus en Algérie. Je les abordais pourtant, les courtisais longtemps, j'en emmenais certaines chez moi. Je fis l'amour avec deux jeunes femmes en quatre ans, ce qui est peu si l'on compare à ce qui se passe en France, mais beaucoup en Algérie où certains ne connaissent les joies ou les malheurs de la chair que pendant leur nuit de noces.

Vingt-cinq ans plus tard, je n'ai toujours pas fait le tour de la question sexuelle. Je suis encore très timide et les femmes sont pour moi toujours aussi mystérieuses. Je resterai un puceau toute ma vie. À chaque dévoilement, je ressentirai ce choc de la première rencontre, comme si celui-ci ne devait jamais être épuisé.

Il n'est pas de tradition pour un écrivain arabe ou algérien de parler de sa vie sexuelle et je sais que j'enfreins une loi ici, un tabou même. Je peux dire que j'aime tout ce qui peut se passer entre deux personnes dans l'intimité. Je sais à présent ce que j'ai voulu savoir sur moi, mon corps, mes désirs, mes fantasmes. Je les ai réalisés en grande partie et mon imagination en la matière est plutôt fertile.

Je ne ferai rougir personne, je l'espère, en disant que j'ai fait des choses interdites par toutes les religions et par Allah en particulier. Les actes qui peuvent paraître les plus étranges pour certains restent pour moi les plus beaux s'ils sont accomplis dans l'adoration et l'amour.

Si l'islam a été tolérant en matière sexuelle, cela n'est plus le cas aujourd'hui. Si Abû Nouas pouvait enfiler ses mignons et se faire enfiler par eux puis chanter ses émois dans ses poèmes sous le règne de Haroun Al Rashid, aujourd'hui il serait lapidé en place publique. La sexualité est réprimée dans le monde musulman et, de plus en plus, en Occident où, sous couvert d'égalité de droits, on instaure une norme fort contraignante. Je ne compare pas les deux, on peut vivre avec une femme ou un homme dans les grandes villes européennes, même si dans les campagnes, quand vous êtes homosexuel, c'est une autre histoire.

En Algérie, fréquenter une femme eût été impensable à mon époque sans passer devant l'imam ou le maire. Il fallait tout le temps tricher, se cacher, éviter tel ou tel quartier parce que l'on pouvait vous reconnaître ou croiser le frère de la demoiselle. Il faut lire le court roman de García Márquez, *Chronique d'une mort annoncée*, pour comprendre les risques encourus par ceux qui veulent s'aimer. Le roman déconstruit avec une grande précision le mécanisme du machisme que la religion vient sanctifier.

Je pense ainsi aux amants angoissés, aux amoureuses apeurées, aux frères sur leurs gardes, prêts à toutes les violences pour laver un honneur qu'ils bafouent par ailleurs... Toute une société construite sur une montagne d'hypocrisies. Et cela au nom d'Allah, le grand comptable des hymens déflorés, des culs défoncés. Fourrer Dieu là-dedans, n'est-ce pas indécent en soi? Mahomet lui-même n'était pas aussi regardant. Ses zélateurs, eux, discutent du sexe de leurs coreligionnaires avec la même passion mortelle que quand ils aiguisent les couteaux de l'Aïd.

Cette répression sexuelle à tous les niveaux n'a fait qu'encourager la vénalité qui a fini par atteindre toute une jeunesse. Les jeunes femmes se donnaient aux hommes qui avaient une voiture pour abriter leurs ébats, et donc les moyens de les entretenir. Les pauvres, qui ne pouvaient pas baiser, se dirigeaient vers les mosquées où on leur promettait d'épouser des vierges contre un dinar symbolique et un enrôlement chez les Frères. Je ne jette la pierre à personne. Surtout pas à la femme adultère ni au gamin travaillé par ses hormones qui se lance dans les premiers bras venus... En Algérie, il fallait se débrouiller pour tirer sa crampe et cela confinait à la mystique.

J'ai voulu évoquer cette jeunesse en proie à toutes les répressions dans *Le Chien d'Ulysse*, mon premier roman.

Il s'agissait de décrire une journée de la vie de jeunes Algériens – Hocine et Mourad ont vingt ans –, et de retracer l'histoire de l'Algérie depuis les émeutes d'octobre 88 jusqu'à la guerre civile dans laquelle ils se trouvent plongés à leur corps défendant.

Il fallait donner un visage humain aux victimes de celle-ci comme à ses bourreaux, ce que l'on me reprocha en Algérie et que l'on me reproche aujourd'hui en France pour d'autres raisons. Je souhaitais que l'on entendît enfin la voix des Algériens qui n'étaient ni des militaires ni des terroristes, tout simplement des hommes et des femmes comme vous et moi qui continuaient à vivre et à rêver.

Hocine et Mourad ne sont pas exempts de faiblesses, mais leurs tribulations redonnent chair à l'humanité qu'ils portent en eux. Leur résistance à la violence sous toutes ses formes ennoblit leur existence. Ils connaissent les abîmes de Cyrtha, ces hôpitaux, commissariats ou bordels qu'ils traversent pendant vingt-quatre heures et qui sont autant de gouffres cataractants.

Ils n'ont rien à voir avec les illuminés qui s'agitent dans leur labyrinthe et tentent de renverser les murs qui les encerclent à coups de bombes ou de kalachnikovs, ils ressemblent plutôt aux sages de l'Antiquité, qui se contentaient du spectacle de la mer, du chant du monde tout en espérant un jour échapper à leur prison.

Hocine et Mourad croient en un avenir ici-bas et non pas en un autre monde, même si ce futur est hypothéqué par un présent mensonger et violent, incarné par une ville ignoble, Cyrtha, dont la noirceur n'a d'égale que la beauté promise par ses lointains : la mer, la lumière, les parfums qui brûlent dans la nuit.

Ils sont fidèles à leur monde, à leur jeunesse et ne les trahissent pas. Ce sont des Méditerranéens avides de soleil. Les dieux qui tourmentent Cyrtha ne sont pas les leurs. Les uniformes verts, les robes blanches, Allah et ses sbires les laissent indifférents. Ils aiment les femmes et la vie.

Hocine est sans cesse appelé par des sirènes. Ces chants tentent de le charmer et de le pousser à commettre ce faux pas qui lui ferait renoncer à son humanité : s'engager dans l'un des deux camps en présence, les militaires ou les terroristes, lointains certes, puisque enfouis dans les caves de Cyrtha où ils sont torturés et assassinés, ou cachés dans le maquis où ils égorgent et violent, mais dont les aventures exaltées et extrêmes peuvent être une tentation romantique pour un jeune homme.

Le Chien d'Ulysse est un roman autobiographique. Les personnages ont tous existé, à commencer par Hocine, le narrateur. Hocine est mort en 2014, emporté par un cancer. Signe du temps, j'ai appris la nouvelle sur Facebook... Mon ami m'avait caché son état de santé jusqu'à la fin. Je fus choqué au point que je m'effondrai pendant plusieurs heures. Les jours suivants furent encore pires puisque j'avais l'impression que mon être se disloquait. Je désespérai : tout un pan de ma vie avait disparu avec mon pauvre Hocine. C'était l'Algérie de ma jeunesse qu'il emportait dans la tombe. Ce livre est en partie une tentative de sauvetage de ce qui n'est plus, ma vie de jeune homme, autant qu'une réflexion sur ma religion.

Je suis des partisans d'Ibn Sina, le grand médecin et penseur persan qui vécut au Xe siècle. Pour Avicenne, baptisé ainsi au Moyen Âge en Occident, la foi est une question personnelle qui engage l'individu seul dans son rapport à Dieu. Cette relation au divin ne saurait être réduite à l'observance du dogme et des rites. Un dévot peut très bien prier cinq fois par jour, observer le jeûne pendant le mois de ramadan, faire son pèlerinage à La Mecque et rester pourtant au seuil du paradis puisque, d'une certaine manière, il marchande sa foi comme le ferait un commerçant. Au siècle de Port-Royal on aurait dit qu'il n'avait pas la grâce. Si pour Ibn Sina l'intellect est unique et universel, tout le monde n'en dispose toutefois pas de la même manière. À chacun selon son degré d'éveil ou de conscience. Un homme libre, intelligent, fixera lui-même ses règles morales, mènera une vie riche sur le plan intellectuel, émotionnel, et n'en sera pas moins croyant si son lien au divin est pur et sincère sans idée de rétribution finale, tendu entièrement vers la connaissance et le bien suprême. Le philosophe est ainsi plus apte à expliquer le Coran que l'imam rabâchant sans cesse des âneries.

Ibn Sina ne dédaignait pas les plaisirs. Le vin et l'amour le consolaient des malheurs de la condition humaine qu'il connaissait parfaitement puisqu'il était le plus grand médecin de son temps, en plus d'être théologien et philosophe. J'aurais aimé connaître un tel homme. Les dogmatiques l'écartèrent vite de l'islam en le condamnant comme Grec. Quel bel hommage que cette excommunication! Je suis certain qu'Ibn Sina en eût été fier s'il avait eu connaissance de ce jugement de son vivant. Il mourut à l'âge de cinquante-sept ans en laissant une œuvre abondante dans les domaines variés de la médecine, de la philosophie, de la théologie, des mathématiques, de la littérature et j'en passe. Esprit universel comme le Prophète, il

CARTE BANCAIRE
SANS CONTACT

A0000000031010
Visa Debit
LE 06/04/19 A 18:49:03
ARTEUM SERVICES
75PARIS 2
4383685 80879970400016
30004
############4108
297B656E7AF6ED14
003 000029 121 C @

MONTANT :
7,40 EUR

DEBIT
TICKET CLIENT
A CONSERVER

CARTE BANCAIRE
SANS CONTACT

A0000000031010
VISA DEBIT
LE 09/04/19 A 19:16:0[illegible]
[illegible]
[illegible]
[illegible]
[illegible]
[illegible]
[illegible]
00[illegible]

MONTANT :
7,40 EUR
DEBIT
TICKET CLIENT
A CONSERVER

Librairie boutique du musée du quai
Branly-Jacques Chirac

222 rue de l'Université
75007 PARIS 7
TEL : 33 (0)1 45 56 09 21
e-Mail : quai.branly@ARTEUM.com

002000190078359

Numero	Date	Heure	Etab	CaisseVd	
165845	06/04/19	18:49	005	002	00502

Désignation	Montant TTC
1x DIEU ALLAH MOI ET LES AUT 9782072793806	7,40

***** 7,40 € *****

1 article

Règlement

Carte Bancaire Euro 7,40 €

Taxe	Montant	Taux	Base HT
TVA	0,39	5,50%	7,01

Echange possible sous 30 jours
du produit dans son emballage d'origine
sur présentation du ticket de caisse

Merci de votre visite et à bientôt

fut tout comme lui piétiné par les nains de son temps qui, comme Al-Ghazali, se prenaient pour des géants et furent réfutés par Ibn Rochd, entre autres, puis oubliés.

Je suis heureux que Hocine continue d'exister dans *Le Chien d'Ulysse*. La fiction ne répare pas la douleur de sa mort. Ma jeunesse s'est achevée quand Hocine s'est éteint en octobre 2014. Mais *Le Chien d'Ulysse*, pour la raison simple que tout y est vrai ou presque – la fiction c'est ce presque –, demeure à mon sens la meilleure illustration de notre jeunesse en Algérie pendant la guerre civile. Nous étions Hocine et moi – Mourad dans le roman – inséparables et animés par un féroce appétit de vivre et d'échapper à la guerre. Nous avons bien connu des professeurs et des journalistes, des étudiants communistes d'une autre génération que j'ai perdus de vue depuis, un policier qui nous racontait comment il torturait puis exécutait des terroristes sans autre forme de procès, des agents du DRS, les services de renseignement, qui voulaient enrôler certains d'entre nous parce qu'ils n'étaient pas contaminés par les idées des islamistes. Nous avons partagé les rêves et les cauchemars de toute une génération qui ne souhaitait pas tomber dans le piège des fanatiques ou des militaires.

En 1995, j'étais enfin à Paris grâce à Olivier Todd que j'avais rencontré à Annaba.

Olivier Todd préparait une biographie de Camus et souhaitait se rendre à Mondovi où l'écrivain était né en 1913. Mondovi s'appelait Dréan depuis l'indépendance de l'Algérie et j'étais chargé de le conduire à la ferme où Camus avait vu le jour. Je travaillais à l'époque au centre culturel français d'Annaba : en vérité, je recouvrais des livres et les inventoriais pendant mes vacances. À la rentrée, je fus chargé par ma patronne, Mme Laib, d'accueillir un journaliste français que je ne connaissais pas, Olivier Todd. Je me présentai à lui à l'issue de la conférence qu'il donna au centre culturel et nous sympathisâmes très vite parce que j'aimais Camus et, à la différence de beaucoup d'Algériens, je ne le considérais pas comme un écrivain colonialiste. Je comprenais que Camus ait préféré sa mère à la justice car nous sommes des Arabes, lui et moi, et notre mère passera toujours en premier. Aucun

Algérien digne de ce nom ne vous dira jamais le contraire même si on aime faire une exception pour ce « salaud » de Camus.

À l'époque où Olivier Todd était venu en Algérie pour préparer sa biographie, Boudiaf venait d'être assassiné, mais la guerre civile n'avait pas encore commencé et Camus était toujours considéré comme un traître par la majorité des intellectuels algériens. Je défie quiconque de me prouver le contraire aujourd'hui, on ne trouvera chez personne une défense de Camus, encore moins chez ceux, de nos jours, qui s'en réclament à cor et à cri. Il a fallu une guerre civile et la fin d'une Algérie mythique, celle de la révolution de novembre 54, pour que ces intellectuels comprennent enfin la position de Camus pendant la guerre d'indépendance et fassent mine de l'accepter. Dans le fond, ils détestent le personnage et s'accordent très bien avec quelques intellectuels français dans leur haine pour un homme qui a refusé toute sa vie d'être embrigadé par des tueurs. Chaque livre qui écorne un peu l'image de l'écrivain et du moraliste est prétexte à réjouissances aussi bien en Algérie qu'en France.

J'allai donc à Dréan avec Hocine et Olivier. Enfant, j'y avais souvent accompagné Djeddi, mon grand-père. Nous y allions dans sa vieille 404, dont le plancher était troué, ce qui ne le gênait pas le moins du monde.

Nous rendions visite à un cousin éloigné

puisque toute la famille du côté de ma mère était originaire de l'est de l'Algérie, de La Calle, près de la frontière tunisienne, à Guelma et Aïn Karma où était née ma mère, Daïa. Daïa ou Diya était le nom de la Kahéna, cette reine berbère qui lutta contre les Arabes au VIIe siècle et donnera son nom à l'un de mes romans. Quand nous arrivions à Dréan, les enfants du village se précipitaient sur la voiture et collaient leurs visages et leurs bouches baveuses contre les vitres. Ils nous faisaient des grimaces plus horribles les unes que les autres qui m'effrayaient beaucoup parce que j'étais encore très petit.

Nous étions à quelques dizaines de kilomètres d'Annaba et pourtant un autre monde se dévoilait : l'Algérie profonde, inquiétante pour un enfant resté dans les jupons maternels et qui ne sortait pas de chez lui. Parfois, en été, nous poussions jusqu'à La Calle, chez les grands-parents de ma mère. Ils habitaient dans une maison arabe dont les pièces entouraient un patio où était planté un figuier. Je n'aimais pas les figues, elles laissaient couler une substance laiteuse quand on les enlevait de l'arbre qui me paraissait suspecte. Ce figuier ombrageait la petite cour, enfonçant ses racines sous la terre.

Des toilettes à la turque se trouvaient à l'entrée de la maison, avec une porte en bois, percée d'un œilleton en forme de carreau, comme dans les westerns. Elles sentaient fort la fiente d'oiseaux. Des poules picoraient dans le patio et l'une des passions de mon arrière-grand-mère, dont le visage était tatoué comme celui d'une sorcière et les cheveux rougis au henné, était de martyriser ces pauvres et stupides bêtes. Pour punir une poule d'un crime imaginaire, elle n'avait rien trouvé de mieux que de la supplicier en lui plongeant la tête dans un seau d'eau. Elle avait réinventé le *waterboarding* pour les poules. Était-ce un souvenir de la guerre d'Algérie ?

La vieille – je la verrais souvent allongée sur un matelas en laine dans sa chambre noire, tendue de tapisseries arabes aux motifs géométriques – sentait le clou de girofle et les épices, le vieux pain et la brioche aussi. Elle me terrorisait littéralement tant elle était âgée et ridée comme une momie. Avec sa voix d'outre-tombe, elle se plaignait tout le temps de son état de santé et voulait mourir pour abréger ses souffrances. Bien entendu, elle ne mourut point avant d'avoir enterré beaucoup de monde, son mari d'abord, puis sa sœur et certains de ses enfants. Elle s'éteignit à plus de quatre-vingt-dix ans d'une occlusion intestinale. Mon arrière-grand-père, papa Nasser, je le connus à peine. Je me souviens d'une grande silhouette, d'un homme bienveillant et distant qui nous posait une ou deux questions très poliment et n'écoutait pas nos réponses d'enfants.

Il avait participé à de nombreuses guerres dans sa jeunesse : la campagne du rif, et peut-être la Grande Guerre, je n'en suis plus certain.

Décoré, il avait acquis des terres et des biens à La Calle et dans les environs. Il avait combattu pour la France et obtenu la nationalité française à une époque où seuls quelques notables indigènes – je reprends la terminologie coloniale – pouvaient y accéder. Le décret Crémieux n'avait concerné que les juifs, les Arabes, eux, ne bénéficièrent pas de l'assimilation. Cela explique à la fois l'essor du nationalisme algérien et, probablement, l'antisémitisme arabe en Algérie qui débouchera sur le tragique pogrom de Constantine en 1934. Cet antisémitisme avait été propagé et encouragé par des pieds-noirs, à l'image du maire de Constantine, Émile Morinaud, un antisémite notoire, qui poussa les musulmans à s'en prendre aux juifs afin de séparer les deux communautés pour régner plus longtemps.

Il ne fait pas de doute que pour beaucoup de colonisés, et pas seulement en Algérie, je pense à l'Indochine par exemple, la victoire de l'Allemagne sur la France en 1940 a été bien accueillie. C'était une forme de revanche historique qui plut à certains. Pour être juste, Messali Hadj, qu'emprisonnèrent Léon Blum et Pétain, s'opposa à toute forme d'entente avec les nazis et renvoya l'émissaire de Pétain qui voulait le convaincre de collaborer. Ce qui ne fut pas le cas d'autres nationalistes comme Ferhat Abbas qui rejoignit Pétain. Plus grave encore, un certain Mohammedi Saïd, de triste mémoire, s'engagea dans les Waffen-SS puis la LVF (Légion des volontaires français contre le bolchevisme) et reçut même la croix de fer à Berlin. Emprisonné à la Libération, il entra en clandestinité en 52 et rejoignit le FLN en 54 en compagnie de Krim Belkacem avant de devenir le commandant de la wilaya III. Il ordonna en 57 le massacre de Melouza, un village de militants messalistes, qui fit plus de trois cents morts. Le même Mohammedi Saïd, un temps ministre de Ben Bella, chargé de l'éducation et de la santé, finit sa carrière politique dans les rangs du Front islamique du salut. Il mourut à Paris en 1994. Voilà qui en dit long sur le nationalisme algérien dans sa version FLN et aussi sur l'islamisme politique qui lui succéda à la fin des années quatre-vingt. Un peu aussi sur la France qui lui permit de mourir sur son sol.

Papa Nasser, dont le nom veut dire « le victorieux », lisait les contes des *Mille et Une Nuits* à ma grand-mère qui ensuite nous les récitait en arabe algérien qu'elle traduisait par je ne sais quel miracle. Ma grand-mère avait un don naturel pour les langues et une fibre littéraire certaine. Elle connaissait aussi de nombreux contes algériens, pleins de malices et de féeries. Je me souviens d'un conte en particulier où un père partait en pèlerinage à La Mecque et laissait ses filles seules à la maison. La plus jeune, pour faire chanter sa sœur aînée, urinait sur le brasero et l'éteignait au grand dam de celle-ci qui rallumait le *kanoun*. À un moment, venaient à manquer les allumettes et les deux sœurs se lançaient dans une grande aventure dont je ne me rappelle plus très bien les péripéties, mais qui les conduisait à retrouver leur père sur le chemin de La Mecque.

Olivier Todd, Hocine et moi débarquâmes à Mondovi/ Dréan dans la poussière et la chaleur. Le village n'avait pas beaucoup changé depuis l'indépendance. Les mouches de la colonisation étaient toujours là alors que les petits enfants grimaçants avaient disparu.

Le président algérien, Mohamed Boudiaf, avait été assassiné le 29 juin de la même année. La guerre civile venait de commencer même si les attentats commis contre des policiers à Alger ne laissaient encore rien présager de la terrible suite. À Dréan, tous les cafés étaient remplis de joueurs de dominos, une constante dans les villages algériens.

À peine quelques mois plus tard, les terroristes de l'AIS, puis du GIA, interdiraient les jeux de hasard selon la volonté d'Allah, qui n'aime pas les distractions comme tout le monde le sait. On doit cet oukase coranique à la personnalité haute en couleur de Hamza, l'oncle de Mahomet, qui s'enivrait et jouait aux fléchettes – au *maysir* –, pariant le bétail de la pauvre communauté musulmane des débuts. Le perdant devait sacrifier ses bêtes au profit du vainqueur. Pis encore, en une sorte de défi des seigneurs, la *mo'aqara* consistait à sacrifier à qui mieux mieux son cheptel de chameaux en signe de grandeur. Ces joutes bédouines pouvaient conduire à la disparition de centaines de bêtes.

Devant l'hécatombe causée par Hamza, Mahomet reçut fort à propos une révélation qui interdisait ce jeu de hasard, le *maysir*, et aussi la *mo'aqara* et, par contrecoup, l'ivresse et l'alcool. On ne comprendra jamais rien aux Arabes si l'on fait l'économie de cette première période de l'islam, faite de grandeurs, d'ivresses, de paris insensés et aussi de générosité tribale puisque le *maysir* était une manière de redistribution de la viande qui venait à manquer en hiver.

Je n'ai jamais oublié la dernière phrase de *Cent ans de solitude* de Gabriel García Márquez : « Mais avant d'arriver au vers final, il avait déjà compris qu'il ne sortirait jamais de cette chambre, car la cité des miroirs (ou des mirages) serait rasée par le vent et bannie de la mémoire des hommes à l'instant où Aureliano Buendia achèverait de déchiffrer les parchemins, et que tout ce qui y était écrit demeurait depuis toujours et resterait à jamais irrépétible, car aux lignées condamnées à cent ans de solitude, il n'est pas donné sur terre de seconde chance. »

Ainsi la lignée des Buendia voit s'éteindre son dernier représentant pendant que souffle un ouragan biblique sur Macondo, ce petit village aux dimensions de l'Amérique latine. Nul besoin d'ajouter que l'Algérie, en raison de sa position géographique, de ses richesses humaines et matérielles, a des dimensions continentales : elle en a eu les ambitions, jadis. Puis le vent s'est levé et a rugi sur toutes faces de cette terre ; depuis l'Algérien cherche à se dresser au milieu des ruines.

Quand le troisième calife, Othman ibn Affan, est assassiné à Médine, dans sa maison, par un mouvement de récitants du Coran, les *qurra'*, portant Ali, le cousin et gendre de Mahomet, à la tête du califat, Aïcha, la jeune épouse du Prophète, se dresse pour réclamer vengeance au nom de l'islam. La Mère des croyants accuse ces gens venus du désert, ces étrangers de Koufa, de Bosra et d'Égypte, des Bédouins, de voler et piller l'héritage de Mohammad. Ce sont des démagogues prompts à brandir leur version du Coran et à se réclamer d'Allah et de sa parole au moindre problème politique ou religieux. En l'occurrence, une sombre histoire de destruction de corans considérés comme apocryphes par le nouveau calife chargé de proposer un texte canonique, comme on l'a vu précédemment.

Ces récitants fanatiques ne sont pas sans rappeler certains agitateurs du Coran qui sévissent aujourd'hui, prompts à s'enflammer pour n'importe quelle cause, qu'il s'agisse de caricatures ou de romans mettant en scène Mahomet, voire de propos sur l'islam qu'ils jugent attentatoires ou blasphématoires. Ils se tiennent prêts à égorger celui qu'ils accusent de falsifier le Coran dont eux seuls semblent détenir le sens véritable. Il n'est plus question de véracité dans ce cas, mais d'une lecture biaisée et rétrograde de l'islam qu'ils prétendent protéger alors qu'ils le dénaturent et en donnent une bien redoutable image. On eût aimé une Aïcha d'aujourd'hui pour défendre contre ces « récitants » une lecture plus apaisée de la religion.

À la décharge des excités coraniques de l'époque, le califat d'Othman était devenu autocratique et népotique comme le sont les régimes arabes actuels. C'est bien le drame : on ne peut rien leur opposer, surtout pas ces tyrannies d'un autre âge qui sont la honte de la sphère arabo-musulmane.

Aïcha n'aimait pas Ali, il ne l'avait pas défendue pendant l'affaire du collier et, plus tard, avait contesté la désignation d'Abou Bakr, son père, comme successeur du Prophète. Cette grave accusation sera à l'origine de la grande *fitna*, la guerre civile qui verra la mort d'Ali, le dernier des califes bien guidés, et surtout la scission de l'islam, avec le kharijisme d'abord, puis le chiisme après le martyre de Hussayn, son fils, à Karbala.

Cette crise de légitimité, avec d'un côté un État centralisateur et fort représenté par Othman et son clan, les Omeyyades, et de l'autre des agitateurs qui n'acceptent pas d'être écartés des mécanismes du pouvoir, aura des répercussions sur toute l'histoire musulmane et entraînera un césarisme permanent qui sapera les fondements d'un État surgi des étendues désertiques et pourtant en réaction à ce même désert inquiétant et inhospitalier.

Il n'empêche, certains règnes sont plus glorieux que d'autres, et une civilisation, toujours au bord de l'abîme, verra le jour et se développera en dépit de cette fragilité originelle, peut-être même grâce à elle lorsque l'on pense au formidable effort intellectuel des Abbassides pour asseoir leur légitimité sur les mondes arabe et perse, sunnite et chiite, et même sur une partie de l'Orient chrétien et grec. Cet immense *ijtihad* débouchera sur un incroyable travail de traduction qui permettra de sauver le corpus philosophique et littéraire antique menacé par le christianisme byzantin.

Malheureusement, cette civilisation originale ne manquera pas de disparaître sous l'action des *qurra'* et autres littéralistes sur lesquels devra toujours s'appuyer le pouvoir temporel pour fonder une légitimité spirituelle, ne parvenant pas à la sécréter par ses propres institutions après la mort de Mahomet. Elle sombrera aussi en raison des immensités placées sous sa coupe et des invasions barbares, mongoles et européennes, croisades occidentales et orientales, va-et-vient sanglants qui achèveront de la ruiner.

Pour une fois, les torts seront partagés entre les hommes et le désert ! Même Bagdad, le joyau des *Mille et Une Nuits*, la capitale dont s'inspireront les bâtisseurs de Grenade, disparaîtra comme le Macondo de García Márquez. Quand on pense à la fortune de Rome, plus ancienne pourtant, on ne peut manquer de s'interroger sur l'absence de vestiges de la ville des villes au regard de sa place considérable dans la littérature et l'histoire.

Quelque huit siècles après, avec le soleil des indépendances et l'avènement des nations, on eût pu penser que c'en était fini des errances, des engloutissements, des saccages…

Une permanence, enfin, instaurée pour le bien de tous, une légitimité étatique, républicaine, démocratique, surgirait des sables et des lunes que chantaient encore des vieillards séniles, et fonderait sa propre transcendance. Libre ensuite à ces nations d'inventer d'autres espaces plus larges comme cela s'est fait en Europe après bien des conflits. Or que voyons-nous aujourd'hui ? La plupart de ces nations sont devenues autocratiques et népotiques ; elles sont de plus en plus minées par des groupes révolutionnaires se réclamant d'une transcendance divine comme seule alternative à ces dérives.

Par une ironie de l'histoire, nous voilà revenus au premier siècle de l'islam. Nous voyons se lever en masse des *qurra'* qui portent le feu dans la maison du calife. Que proposent-ils ? Le retour à Dieu et au Coran ? Soit, mais cela a-t-il jamais constitué une politique, envisagé ou décrit le monde contemporain dans lequel nous vivons ? Ils répondent en se faisant exploser au milieu des foules, en tuant des innocents. Que font les États en butte à ces contestateurs ? Ils répriment puis pardonnent, et répriment à nouveau avant d'instaurer un nouveau cycle de violences. Les Othman prévaricateurs sont toujours là qui attendent leurs récitants fous.

Les cités des mirages ne jugent pas leurs criminels, n'écrivent pas leur histoire, ne pensent pas leurs institutions. Elles se flagellent après de grands massacres. Rien ne change et le désert menace et avance.

À une époque encore bénie en Algérie, des hommes, partout, passaient la journée à battre les cartes ou les dominos, exercices que maîtrisait Djeddi, qui avait toute sa vie joué du pipeau selon ma grand-mère, élevant l'oisiveté au rang d'art majeur. Elle ne mentionnait pas devant nous sa propension à chasser toutes sortes de gibiers, du sanglier à la perdrix en jupons, une espèce particulière dont il était friand au point que son père l'avait taxé de fainéant de la vallée infertile devant ses autres frères.

Le père de Djeddi, mon grand-père maternel, était un bourgeois de l'époque coloniale. Mort bien avant ma naissance, je le connais grâce à une photographie en noir et blanc devenue un peu rougeâtre avec le temps.

Un homme habillé dans le style arabe : un burnous écru sur ses épaules, un gilet boutonné, un saroual ample et léger tenu par un turban noué autour de ses reins. Il est mort d'un coup de sang, me racontait ma grand-mère quand j'essayais d'en savoir plus. Un coup de sang. L'expression était une énigme. J'imaginais des torrents rouges se déversant sur la terre, le fracas du tonnerre. L'homme tombant comme l'éclair. Chassé de la vie comme Satan du Ciel.

Le bonhomme avait acquis des milliers d'hectares dans l'est de l'Algérie, non loin de la frontière tunisienne. Peut-être se commit-il avec les autorités coloniales. Sans doute servit-il d'intermédiaire zélé entre elles et la masse appauvrie des fellahs. D'autres échos rapportent qu'il fit fortune grâce à son intelligence et à son sens des affaires. Il eut quatre femmes et une maîtresse qui vécurent sous le même toit.

Djeddi eut une jeunesse d'enfant gâté, de fils à papa. À l'inverse de ses frères, il n'entama pas d'études et passa son temps à chasser et à courtiser les femmes de sa région. Selon son père, un bon à rien qui épousa en secondes noces la sœur de sa première femme, ma grand-mère dont les contes berçaient mon enfance. Cette histoire, je l'ai apprise fort tard. Je sus ainsi qu'un de mes oncles, Noureddine, était le fils de cette première épouse dont j'ignore le nom.

Noureddine partit vivre à Stockholm avec la femme qu'il rencontra pendant ses études en France. Il l'épousa et quitta définitivement le pays de son enfance. L'Algérie était un peu trop ensauvagée à son goût. Il n'avait pas tort. Il eut quatre ou cinq enfants, j'en perds le compte. Il s'est pendu il y a quelques années dans son garage après que sa femme lui eut annoncé son intention de divorcer après trente ans de vie commune. L'exilé se trompe : une femme, une famille ne remplacent jamais un pays perdu. Il faut s'attacher aux nostalgies de la jeunesse, les entretenir comme un feu, de crainte qu'elles ne s'éteignent et nous plongent dans les ténèbres.

Je pense souvent au suicide. C'est une sortie honorable après tout. Je comprends la mort d'Hemingway. Un écrivain qui ne peut plus écrire est-il encore vivant ? Je me demande si j'aurai ce courage ultime car il en faut pour sortir de sa propre vie. Se quitter soi-même, n'est-ce pas la chose la plus difficile ? On s'éprend plus de sa personne que de la vie, qui souvent ne rime à rien. On espère qu'il adviendra une chose qui donnera un peu de sens à cette branloire qui n'est même pas pérenne. On vit principalement d'espoirs. On se survit longtemps.

Quand je suis retourné à Alger cette année, j'ai trouvé mon père dans un état déplorable. Il ne se souvenait plus de moi. Je n'étais plus qu'une vague connaissance, une ombre passée. Il avait perdu toute autonomie : une forme d'Alzheimer avait englouti sa mémoire. Je l'avais vu deux années auparavant et déjà des signes de sénilité précoce étaient apparus qui le plongeaient exclusivement dans une période de sa vie, sa jeunesse à Belcourt. Il se remémorait des détails étonnants et ne cessait d'y revenir jusqu'à l'ennui.

Quelques années auparavant, il s'était séparé de ma mère, avait vendu notre appartement d'Annaba et déménagé à Alger. On ne devrait jamais prendre parti dans ces affaires. Dans l'idéal. Je pris celui de ma mère qui se serait retrouvée à la rue si ses amis et ses parents ne l'avaient pas hébergée pendant quelques mois. J'avais essayé de faire entendre raison à mon père, mais il n'avait pas voulu m'écouter. Tout le monde se sent dans son bon droit et tout le monde a tort dans ces histoires. Je me détournai de lui pendant de nombreuses années. Il ne chercha pas à me contacter non plus.

Lorsque je vis combien mon père avait changé, son ancien moi ayant disparu, je pensai de façon naturelle au suicide. Comme j'étais logé chez mon oncle Boualem à Blida, j'évoquai cette possibilité devant lui et son voisin, un médecin qui lui rendait visite. Le médicastre, tout de suite, se rengorgea et me déclara, de ce ton péremptoire que prennent souvent les Algériens, certains de détenir quelque vérité éternelle, que je n'avais pas le droit de me suicider. Il sous-entendait par là qu'Allah l'interdisait et que ce serait un grand péché.

Je ne dis rien à cet idiot. Je me fichais d'Allah qui n'existait pas ou sinon il ne permettrait pas un dixième des horreurs qui se produisaient dans le monde. Que venait faire le bon Dieu dans cette histoire ? Ma vie m'appartenait. À moi de décider si je souhaitais y mettre un terme. J'avais passé trop de temps sur des lits d'hôpitaux pour me faire des illusions sur ce que l'on appelle pudiquement la fin de vie. Que dire aussi de ces morts dans la vie que sont la sénilité ou le handicap profond. Il me faudrait juste avoir le courage d'y mettre un terme, courage qui, je le craignais, me manquerait au dernier moment.

J'admirais Hemingway qui, ne pouvant plus penser ni écrire, s'était tiré une balle dans la tête. Il avait de l'entraînement. Il avait passé toute sa vie à tuer de grandes bêtes : fauves et poissons merveilleux traqués sur toutes les surfaces de cette terre. En vérité, dans ces vivantes images de la nature qu'il détruisait avec rage partout où il se rendait, des Caraïbes à l'Afrique, c'était Ernest Hemingway qu'il cherchait à atteindre. Il y était parvenu à la fin, comme son père qui s'était tiré une balle de pistolet dans la tête. Ernest avait utilisé son arme favorite, le fusil de chasse.

Je n'ai jamais manié une arme et n'en possède pas. Je n'imagine pas non plus me jeter sous un train comme Anna Karénine ni avaler de l'arsenic comme Mme Bovary. Il suffit de lire la description de l'agonie de la pauvre Emma dans le roman pour se rendre compte que c'est la pire méthode. Se pendre ? On met de nombreuses minutes avant d'expirer, pardon pour le mauvais jeu de mots. Se jeter sur une épée comme Caton d'Utique ? Pratique barbare et douloureuse. Pareil pour le *seppuku*, le suicide rituel japonais qu'utilisa Mishima. Le gaz ? On risque de tuer ses voisins qui ne sont pas détestables à ce point. Il reste les médicaments. On trouve toujours la méthode qui nous ressemble le plus. Douce ou violente selon le caractère : féminine ou masculine.

En islam, il est permis de se suicider en emportant avec soi des dizaines d'innocents, on appelle cela le *djihad*. C'est même un devoir pour certains croyants. Cette question, comme toutes celles qu'accapare la religion musulmane, est sujette à différentes interprétations, dans un sens restrictif lorsqu'il s'agit de liberté individuelle, mais tout à fait permise lorsqu'il est question de massacrer de pauvres gens que l'on a qualifiés d'ennemis. Comprenez que seuls les djihadistes ont le droit de s'ôter la vie à la condition qu'ils emportent avec eux un grand nombre de personnes qui ne leur ont rien demandé. À eux, le paradis d'Allah est grand ouvert.

Djeddi était surnommé *El Gaïd*, le Caïd, beaucoup par dérision et aussi parce qu'il était le fils de son père, dont la richesse était devenue proverbiale mais que les mariages et les maîtresses réduisirent à peu de chose, avant que la nationalisation des terres par ce psychopathe de Boumediene la fît disparaître complètement. Il ne restait rien au Caïd, son héritier, sinon une réputation qui le faisait recevoir comme un prince lorsqu'il revenait à Aïn Karma, son village natal. Il trouvait toujours où coucher, dans les deux sens du terme.

El Gaïd est mort dans une rue. C'était un marcheur impénitent. Il vivait à l'air libre. Il ressemblait à Raimu. Le même visage, la même petite moustache, le corps arrondi en forme de bouteille. J'éprouve un bonheur sans nom à voir et à revoir les films de Marcel Pagnol. J'ai l'impression que mon grand-père est le boulanger trompé, dont la verve et la douleur retournent tout un village.

On s'attache à des films parce qu'ils ressemblent à nos vies, calquent nos destins, nous rappellent des morts. Je me souviens d'un film en super-huit où défilaient les images de mon quartier, l'entrée de mon immeuble, ma sœur et ma grand-mère sous le porche. La lumière traversait la pellicule, rebondissait sur le trottoir, éclaboussait le miroir tendu dans une pièce obscure. Ma petite sœur à l'âge de six ans, figée éternellement sur la toile, avec une jupe écossaise et de longs cheveux noirs. La dernière année de ma sœur sous le soleil. Et toi, tu marcheras dans la lumière, lançait Rimbaud agonisant à Isabelle, sa sœur. La mienne, elle, marche dans la mort.

Écrire des livres, c'est participer de ce mystère ancien qui vise à convoquer les ombres. Les morts enchaînés aux vivants. Les Grecs avaient compris que la tragédie surgissait de cette confrontation. Les spectateurs d'un théâtre circulaire, où s'agitaient des spectres sous une lumière incandescente, se tenaient côte à côte, soudés par le désespoir de vivre.

Mon grand-père avait traversé la vie avec insouciance. Il avait vécu heureux, cela va sans dire. Ceux que n'atteignent ni les peines ni les joies sont promis à la félicité. Ces personnes existent, j'en ai connu une, je peux l'attester. J'étais déjà à Paris quand j'appris sa mort. Il avait disparu pendant trois jours. Trois jours d'angoisse pour ma mère et mes oncles. Moi, je ne savais pas. On ne me dit rien. J'étais loin.

Les exilés ne comptent pas, ou alors trop. On cherche à les épargner et on les oublie.

On le retrouva sur un lit d'hôpital, homme anonyme perdu dans la foule des malades. Il avait été renversé par une voiture en traversant une route. Il aimait tant marcher, flâneur dans le monde.

Mon grand-père paternel, lui, était né en Kabylie au début du siècle, en 1903. Pour échapper à la misère, il s'engagea dans l'armée française et participa à la guerre du Rif. Démobilisé, il travailla ensuite en Alsace dans les mines de potasse. De sa campagne du Rif, il conçut une méfiance viscérale des Marocains, qu'il transmit à mon père. Certaines haines ont des origines lointaines, coloniales souvent, et expliquent celles d'aujourd'hui, sur tout le continent africain. D'Alsace, il revint les cheveux déteints par la mine, au point même, selon mon père, que ma grand-mère eut de la peine à le reconnaître. Il s'était marié à cette femme qu'il n'aima jamais. Il lui fit deux enfants et repartit à la guerre.

Il connut la débâcle de 1940 et fut porté disparu pendant trois ans. On ne sait ce qu'il advint de lui en France pendant ces trois années. Fut-il emprisonné par les Allemands ? Membre d'une race inférieure et circoncis, il n'en serait pas revenu. Il dut se fondre dans la masse des Français en déroute. Vivre d'expédients. Connaître une autre femme. Qui sait ? J'ai peut-être des oncles ou des tantes en France. À Paris ou en Normandie. Il y aurait là matière à un roman.

Il débarqua fin 43 à Alger où il fabriqua mon père et le reste de mes oncles et tantes dont beaucoup sont morts dans les années cinquante de maladie du cœur, une faiblesse congénitale de la famille Bachi que la misère ne corrigea pas, bien au contraire. Après la guerre, Amar, ce grand-père que je ne connus pas, travailla comme aide pâtissier à Alger. Mon oncle Boualem, son fils préféré, me racontait qu'il lui répétait souvent qu'il ne travaillerait jamais pour un Arabe. De fait, il ne fréquentait que des Européens avec qui il buvait son anisette et rompait pain et saucisson.

Amar est mort en 1959, avant la fin de la guerre d'Algérie, paralysé dans un galetas, symbole du vieux rêve colonial qui finissait dans la confusion et le sang.

La mairie de Dréan avait conservé le registre avec l'acte de naissance du petit Albert Camus dont le père était caviste et la mère ménagère. Avec Olivier Todd, nous nous rendîmes à la ferme Chaubard dont il ne restait rien. J'ai appris depuis que l'on avait inauguré en grande pompe une maison où serait né Albert Camus à Dréan, grâce aux bons offices de l'ambassade de France en Algérie acoquinée aux autorités algériennes parvenues à résipiscence. Quelle blague de diplomates ! Dans le pur style du Quai d'Orsay. Il n'y eut pas de maison Camus et la ferme où il vit le jour était en moins bon état que Pompéi lorsque nous la visitâmes enfin. Olivier Todd filma la ruine, interrogea un brave fellah qui n'avait jamais entendu parler de Camus, il entra même chez l'indigène qui nous laissa à la porte, Hocine et moi, puisque nous n'étions pas des étrangers. Chez nous, *nul n'est Mahomet en son pays*…

Nous finîmes par repartir, non sans avoir mangé des brochettes dans une gargote à la sortie du village en priant pour ne pas attraper la turista. Dieu fut clément et nous épargna. Olivier Todd retourna en France. Nous fîmes quelques recherches pour lui à Annaba, le cadastre, toujours cette ferme Chaubard qui dépendait du domaine du chapeau du gendarme – je ne blague pas –, qui ne nous apprirent pas grand-chose sinon qu'un certain Bertagna possédait tout l'Est algérien. Mais l'honneur était sauf, Camus était bien né à Mondovi.

Olivier et moi restâmes en contact pendant trois années. Lorsque j'obtins ma licence de lettres en étant major de ma promotion, j'aurais dû recevoir une bourse pour étudier en France. Cette aide me fut subtilisée par l'État algérien qui la donna à qui de droit, c'est-à-dire à quelqu'un qui ne la méritait pas et n'en avait pas besoin. Un peu déprimé, j'écrivis à Olivier pour lui raconter l'affaire. Il prit à cœur ce qui m'arrivait et me débrouilla une bourse du ministère des Affaires étrangères français. C'est comme ça que j'émigrai chez les *francaouis* pour manger leur pain et coucher avec leurs femmes.

Je débarquai à Paris en octobre 1995. Olivier Todd m'attendait à Orly. Il m'offrit même le taxi qui me conduisit chez des amis de ma mère à Évry. Je m'inscrivis à la Sorbonne, trouvai une chambre d'étudiant à Issy-les-Moulineaux puis, au bout d'un mois ou deux, une nouvelle turne, rue des Écoles. Quelques semaines plus tard, j'atterris au 35 du boulevard du Montparnasse : une chambre avec une douche et des toilettes, le luxe pour un étudiant boursier.

J'étais à Paris pour préparer une maîtrise de lettres modernes à la Sorbonne sur André Malraux et son rapport à la mort. J'avais choisi Malraux par défaut. Je connaissais l'homme engagé, la guerre d'Espagne, la Chine, mais j'ignorais l'œuvre et voulais donc la lire de près. Je fus surpris d'y trouver toute la thématique de l'absurde que Camus développera par la suite, mais aussi la doctrine de l'engagement si chère à Sartre. Le terrorisme et la figure du terroriste, traités par Malraux dans *Les Conquérants* et *La*

Condition humaine, faisaient écho à ce que j'avais connu dans l'Algérie en proie à une violence inimaginable pour celui qui ne l'a pas vécue. Lorsque de temps à autre je reçois des leçons de la part de certaines personnes parce que j'écris sur le sujet du terrorisme, je pense à cette période et j'ai envie de rire de l'outrecuidance de ces imbéciles qui n'ont pas vécu en Algérie et se permettent de me juger pourtant. Malraux m'a aidé à y voir plus clair. J'ai compris que l'on pouvait écrire des romans sur la violence, le terrorisme et la guerre en général. Au contraire, cela était même un devoir pour un homme comme moi qui avait été le témoin d'une des périodes les plus sombres de l'histoire humaine.

J'ai compris aussi en le lisant que nos révolutionnaires poseurs de bombes, sous un vernis de religion, étaient des nihilistes, ce que répète Malraux à la suite de Dostoïevski. Comme chez le grand écrivain russe, dans les romans de Malraux, on discute *ad libitum* de la mort, du courage, de Dieu ou de son absence, du sens incertain de la vie, mais aussi de la fraternité et de la solitude des hommes en guerre. Olivier Todd me fit remarquer un jour que l'on avait du mal à croire en de tels discours placés dans la bouche d'un commandant de la *guardia civil*, l'équivalent de la gendarmerie nationale. Qui sait pourtant ? Il y eut bien des écrivains militaires, Laclos, que révérait Malraux, étant le plus illustre. Alors pourquoi pas un gradé de la gendarmerie? Charles de Gaulle, qui était loin d'être bête, était un militaire.

En effet, chez Malraux tout le monde philosophe, même le baron de Clappique, personnage farfelu qui égaye *La Condition humaine*, le roman le plus emblématique et le plus ennuyeux de Malraux. Malraux est grand lorsqu'il écrit *Les Conquérants* ou *L'Espoir*, romans de la volonté et de l'échec, l'un, *L'Espoir*, dépassant l'autre par la découverte de la fraternité tragique qui lie les hommes en guerre contre le fascisme. Modernité de l'écriture aussi : l'un débute comme un journal, l'autre par des appels téléphoniques anonymes qui annoncent la guerre civile espagnole comme autant de coups frappés sur la scène d'un théâtre.

On tient en piètre estime *L'Espoir* en Espagne, livre partisan, basé sur une connaissance superficielle du pays que survola Malraux pendant quelques mois… C'est que *L'Espoir* est un grand livre sur la Révolution française avant d'être un livre sur la guerre civile espagnole, d'où le malentendu. Il faut imaginer *L'Espoir* comme une tentative d'ordonner le chaos qui naît après chaque révolution. Malraux, grand lecteur de Michelet, transpose la Révolution, qu'il eût rêvé de connaître, en Espagne où elle n'aura jamais lieu. *L'Espoir*, livre écrit dans l'urgence, s'achève avant la défaite de l'Espagne révolutionnaire. Il gomme les méfaits des communistes espagnols, prenant leurs ordres à Moscou, assassinant les anarchistes et les républicains, et qui ont autant sinon plus précipité la fin de la république que Franco et ses alliés nazis et fascistes. C'est le défaut de ce roman admirable de construction moderne que d'être aussi une œuvre de propagande.

Malraux, plus visionnaire que Camus et Sartre réunis, a payé pour son engagement gaulliste que l'on explique par sa désillusion communiste. Sa grandiloquence un peu ridicule l'a coupé de ses lecteurs par la suite. L'homme proche des révolutionnaires, l'antifasciste qui aura dénoncé la torture dans ses romans sur la Chine, a été ministre de l'Information pendant la guerre d'Algérie où l'on suppliciait beaucoup.

À Paris, je passai un an à écrire des nouvelles, à lire, à me promener. Je rencontrais des étudiants, des professeurs, Olivier Gicquel, mon premier ami ici, et surtout Françoise.

Françoise tenait l'accueil du 35 boulevard du Montparnasse. Elle était mon aînée, mais ce fut un coup de foudre réciproque. Il ne se passa rien entre nous, elle était amoureuse d'un poète tchadien qui versifiait longuement sur la nature, philosophe de formation, heideggérien ou husserlien, les deux oiseux se valaient à mon avis, quoique l'un portât la croix gammée avec conviction.

D'une élégance rare, le Poète démolissait avec entrain tous ses contemporains écrivains africains hormis le brave Sédar Senghor, le cèdre du Sénégal, implanté dans un bocage normand. L'effet Académie française jouait à fond dans ce violent amour pour le Nègre capital. Le Poète avait eu le prix de la Vocation et jurait seulement par la NRF qui lui tendrait les bras un jour ou l'autre. Jamais je ne rencontrerais par la suite un tel adorateur de la langue française. À l'entendre, on eût cru qu'il couchait avec elle tous les soirs. C'était pourtant avec Françoise qu'il repartait à la fin de la journée. Elle nous abandonnait, nous ses enfants, poursuivant son rêve de grand amour franco-tchadien dans le style NRF.

Algérien, j'étais destiné à renaître à Paris. Je l'ai regretté parfois en longeant le bord de ce fleuve où furent *jetés en un sac en Seine* quatre cents compatriotes qui défilaient pour l'indépendance. À présent, je l'accepte puisque *la joie vient toujours après la peine*, comme le dit si bien Apollinaire. Ni Londres ni New York, plus exotiques, ne m'aimantent comme Paris qui est pour moi une patrie immatérielle, une nation où surnagent des spectres concoctés dans la marmite de l'histoire. Je me suis toujours senti étranger ici, mais chez moi. Ou chez moi à l'étranger.

Aujourd'hui, je n'attends plus rien de cette ville. Le «À nous deux maintenant!» de Rastignac, ne l'oublions pas, est lancé du Père-Lachaise. Balzac est un ironiste aussi puissant que Flaubert. La mise en garde est claire: les cimetières parisiens sont la seule conquête des ambitieux. Les grandes villes sont des nations qui engloutissent les hommes et les femmes. L'espèce ne survit qu'en gravant son nom au fronton des palais de la connaissance ou de l'art.

Pour le créateur de la *Comédie humaine*, un Pierre Leroux est une plante plus importante que le Chardon des *Illusions perdues*, ce poète à heures perdues, gigolo, mondain, soldat récalcitrant et marionnette de Vautrin. On a oublié Pierre Leroux et le temps a rendu justice à Lucien de Rubempré. Encore un paradoxe littéraire : l'œuvre se joue de son créateur. Notre ambition est condamnée par avance, à moins de se nommer Napoléon, mais je me répète.

Frédéric Moreau est encore plus faible dans un Paris qui l'écrase de toute sa force d'ombre. Flaubert, souvent, peint la cité de nuit. Menaçante, obscure, elle ajoute de la noirceur à la confusion de l'époque. On prépare le grand massacre qui verra les illusions des uns et des autres mourir avec les fusillés de 1848. Alors, Paris dans tout cela ? Un décor tragique, indifférent, où, après la répression et la sauvagerie, se mettent en place les éléments dansants d'une opérette. C'est chez la « Turque » que l'on se tricote ses plus beaux souvenirs, nous confie Flaubert à la fin de son roman. On tiendra ainsi, en dépit de la Commune, de Verdun, jusqu'à la fin de la Seconde Guerre mondiale. Et puis, rideau. Le voyage au bout de Paris, c'est vraiment terminé, on n'en peut plus, on n'en reparlera plus jamais.

Pendant cette première année à Paris, Françoise fut mon point de repère et ma boussole. Je trouvais chez elle un réconfort dans l'exil. J'aimais son allure soixante-huitarde. Françoise restait fidèle à ses idéaux de jeunesse et elle avait quitté son mari pour suivre le Poète.

Je la comprenais, je ne cherchais pas à la juger du haut de mes vingt-quatre ans, et je me réfugiais dans sa loge quand je me sentais mal. J'étais très seul en vérité. J'échouais systématiquement dans mes tentatives de conquêtes amoureuses. Il faut dire que je n'y mettais pas beaucoup de cœur, j'étais épris comme on dit dans les mauvais romans. Samira m'attendait en Algérie, ce qui me consolait un peu trop facilement de ma maladresse chronique. Ainsi j'avais entraîné dans ma chambre une étudiante qui me déclara qu'elle ne serait jamais mon amante pendant que je caressais son visage. Je la crus, idiot que j'étais.

Autour de Françoise gravitait une constellation d'étudiants et de stagiaires venus des quatre coins du monde. Le 35 boulevard du Montparnasse était une tour de Babel où se côtoyaient des Égyptiens, des Palestiniens, des Libanais, chrétiens et musulmans, et même un juif new-yorkais, né à Alexandrie, qui s'entendait plus ou moins bien avec les Palestiniens. Même si Rabin venait d'être assassiné par un fanatique, tous les espoirs semblaient encore permis et nous pensions que le conflit israélo-palestinien finirait par se régler.

Je me souviens très bien d'un médecin palestinien, Samir, qui avait vécu toute sa vie en Jordanie où il avait connu les prisons du roi Hussein. Il pouvait enfin revenir en Cisjordanie grâce aux accords d'Oslo. Samir était un homme tolérant qui m'a donné envie de comprendre le monde arabe et d'accepter une part de moi-même que j'avais niée à cause de ces professeurs sadiques qui nous battaient en Algérie.

Être arabe pour Samir était une manière de vivre, simple et conviviale, fraternelle et ouverte. C'est lui qui me fit découvrir la poésie de Mahmoud Darwich et de Nizar Qabbani.

Nous discutions souvent de l'état du monde arabe et le jugement de Samir était très sévère : nous étions tous des retardés, des ignares, des sauvages, les pires étant les Iraquiens. Les Algériens les suivaient de près… J'essayais bien de défendre mon pays perdu, mais Samir, marié à une Algérienne, avait vécu dans les années soixante-dix à Alger. Je ne pouvais l'embobiner comme je le faisais avec Françoise ou mes amis de la Sorbonne. Je me rangeais très vite à ses vues. L'Algérie des années soixante-dix était un enfer. Ma sœur y avait perdu la vie. Mes années d'école avaient atteint un degré de sordide que je ne connaîtrais plus par la suite. Je n'ai commencé à renaître qu'à l'âge de douze ans, c'est-à-dire en 1983 après mon hospitalisation en France.

Une décennie après, l'enfer à nouveau.

Je n'aurais pas écrit certains de mes livres comme *Le Silence de Mahomet* ou *Amours et aventures de Sindbad le Marin* sans cette rencontre avec Samir, qui m'apprit à aimer ce qu'il y avait de bon chez les Arabes : la poésie, l'humour, la tolérance, et rejeter ce qu'il y avait de pire : le fanatisme, l'hypocrisie religieuse, la haine des femmes.

Samir voulait que j'apprenne l'arabe classique, celui que l'on parlait en Syrie. Il aurait aimé que j'aille l'étudier en Syrie, pour lui un pays de civilisation qui, s'il n'était tombé aux mains des Assad, serait aujourd'hui une grande nation. Il était trop tard pour moi, l'école algérienne avait tout fait pour me dégoûter de cette langue que je peinais à parler et à écrire, mais que je comprenais très bien. J'écrivais en français et j'étais à Paris, l'endroit où il fallait être pour un écrivain en devenir.

Je ferai en 2009 mon pèlerinage en Syrie, une ou deux années avant le déclenchement de la guerre civile qui a détruit une bonne partie du pays.

Laura et moi, nous nous étions rendus d'abord à Damas où les nuits ont un air de fête près de Bâb Touma, la porte Saint-Thomas, où les filles et les garçons se promènent enlacés et les cheveux au vent comme à Paris. Je fus fasciné par ces femmes brunes, élancées, dont les yeux étaient noirs et soulignés de khôl et qui nous frôlaient dans les ruelles de la médina.

Nous dormions dans une maison où, dans un patio des *Mille et Une Nuits*, murmurait une fontaine. La maison aux façades bicolores, de style damascène, avait été tenue d'abord par une Anglaise qui avait fini par la revendre à un jeune chrétien. Le soir, nous grimpions sur la terrasse et contemplions, sous les étoiles, à l'horizon extrême, le minaret de la Fiancée. Alors nous écoutions avant de nous endormir les chants du muezzin qui se mêlaient dans la nuit, comme un alcool étrange, à la flamme d'une bougainvillée.

Nous visitâmes la grande mosquée des Omeyyades dont nous avions aperçu le minaret la veille. L'enceinte extérieure était entourée d'échoppes où l'on vendait de la marqueterie récente et des corans imprimés en Iran. Des cohortes de femmes recouvertes d'un voile noir et s'exclamant en persan entraient dans la mosquée et se recueillaient dans la chambre où reposait la tête de l'imam Hussayn derrière une grille en argent, emmaillotée dans d'étranges tissus. Fasciné, j'approchai à mon tour du tombeau, regardai la précieuse tête du petit-fils du Prophète, me demandai si elle était bien réelle, et m'éloignai en proie à l'un de ces mauvais pressentiments, une crainte irraisonnée de la mort que me causait cette relique.

J'étais ému en pensant au visage martyrisé par le calife Yazîd Ier qui aurait frappé les lèvres du mort en déclarant : « Nous nous serions contentés de la soumission des habitants de l'Irak sans ce meurtre. Mais toi, Hussayn, tu avais brisé les liens de la parenté et tu es devenu rebelle ! »

Un témoin aurait répondu : « Écarte cette baguette de cette bouche que le Prophète, son grand-père, a maintes fois baisée ! »

On raconte que Yazîd fut irrité de cette parole mais qu'il épargna Ali, le fils de Hussayn, et sa famille.

Je me demandais si la tête de Hussayn avait été préservée par dévotion pour le saint homme ou à titre d'exemple pour le rebelle. La mosquée elle-même n'avait-elle pas été construite un demi-siècle après sa mort pour expier ce meurtre fondateur ? J'étais impressionné par le flot incessant de pèlerins iraniens qui baisaient le mausolée du martyr de Karbala, versaient des larmes comme s'il se fût agi pour eux de pleurer la mort d'un père ou d'un frère adoré. Ces effusions me laissaient froid, comme étranger à cette douleur hors de proportion que je soupçonnais d'être feinte. C'était cela que l'on appelait ferveur, une horrible comédie dont l'acteur devenait le jouet, incarnant si bien son rôle qu'il ne s'en défaisait pas en sortant de scène.

Ces femmes et ces hommes reprenaient-ils une vie normale en quittant la Mosquée ? Passaient-ils devant un miroir où ils séchaient leurs pleurs, se recoiffaient ou se maquillaient à nouveau ? Devant l'homme en prière, où se nichait la part de comédie ? Peut-on croire en la foi qui s'affiche ?

Laura était vêtue d'une abaya grise sans laquelle elle n'aurait pu pénétrer dans la mosquée, domaine des veuves immémoriales, des pleureuses et des Parques. Et aussi des comédiens, ah, les comédiens ! Dansez pantins, polichinelles et arlequins, dansez ! Une bonne prière n'a pas besoin de simagrées, de fausses douleurs, d'extases publiques. On ne jouit jamais mieux qu'en silence, foi d'écrivain et d'amant.

Nous sortîmes dans la cour de marbre blanc où se reflétaient le soleil, le ciel sans nuages et les mosaïques vert et or qui figuraient un Éden de palmes et de fruits, préfiguration d'un au-delà merveilleux, enclos dans un village ou une ville antique. Les arbres portaient des perles, ou étaient-ce des fruits, ces raisins qui servaient à produire un vin réservé aux meilleurs hommes et que l'on confondit avec de jeunes vierges selon un philologue allemand qui doucha les ardeurs de mes coreligionnaires. Il n'est pas promis de femme dans l'au-delà de l'islam, à notre grand désespoir, mais une coupe de vin vieux et une ivresse divine sur les berges de la rivière Barada qui traverse le Cham depuis les monts de l'Anti-Liban. Ce sont les martyrs eux-mêmes, transformés en arbres, qui portent le nectar enivrant à bout de bras en une éternité végétale et quiète.

Ainsi je me perdais dans le jardin des délices, accompagné de ma sœur-épouse, mon armée.

Nous traversâmes la cour pour échouer sous le Beyt al-Maa'l, octogone recouvert de mosaïques de la même couleur que celle de la mosquée et qui se dressait sur des colonnes corinthiennes comme un grand échassier sur un étang de lait. On y entreposait jadis le trésor des croyants, les donations diverses qui servaient à la fois au culte, à l'entretien de la mosquée et à la préparation des guerres qui secouèrent pendant des siècles Damas et qui la conduisirent à sa perte de nombreuses fois.

La mosquée brûla au XIe siècle, fut dévastée au XVe par Tamerlan pour se consumer à nouveau sous les Ottomans à la fin du XIXe siècle. Elle est à présent menacée par la guerre civile : le minaret de la Fiancée s'est effondré pendant un bombardement de l'armée régulière.

À la fin du XIXe siècle, toute la mosaïque qui recouvrait le sol fut perdue et remplacée par le marbre blanc qui copiait le revêtement de la mosquée des Omeyyades d'Alep que nous visitâmes ensuite et qui nous donna l'image d'une exacte réplique dont les variations infimes créaient pourtant un abîme. L'une abritait Rome et Byzance en son sein tandis que l'autre était devenue, par un étrange souci de perfection, arabe et ocre comme les sables de Palmyre. On pouvait donc espérer un Éden de vierges et non plus de vieilles grappes de raisin. La vigne ne pousse pas dans le désert, d'autres compensations sont nécessaires au croyant qui sacrifie sa vie pour une idée. Dieu est une abstraction devenue chair qui guide l'homme en prière dans la solitude brûlante des dunes. La religion de Mohammad est exigeante, sobre, froide. Elle ne permet aucune identification avec la divinité, aucun réconfort, elle se transmet par les mots, le texte psalmodié se constitue dans l'esprit du croyant comme une stèle immense sur le chemin de la désolation. C'est cela le miracle du Coran : des mots étoilés sur la voûte noire et vide du ciel.

Nous quittâmes Damas pour Alep, qui ressemblait à un immense champ de pierre. Elle surgissait de la roche et s'étageait jusqu'à culminer avec la forteresse construite par Sayf al-Daoula : celle-ci a depuis été détruite par les bombardements de l'armée syrienne contre les positions de Daech. Les deux protagonistes de ce conflit, l'armée de Bachar al-Assad et Daech, semblent s'être entendus pour ne rien laisser de la Syrie antique et arabe. C'est à qui détruira le mieux ce pays qui vit mourir tant de civilisations.

Juchés sur les remparts de la Citadelle, nous nous étions amusés à repérer le souk, les divers khans que nous avions visités la veille et qui, pour certains, demeuraient vides, désertés par les marchands et les clients des siècles passés comme si la ville après cinq millénaires d'existence commençait à se fossiliser pour ne plus garder qu'une enveloppe minérale, tels ces étranges mollusques préhistoriques dont on ne conserve plus que l'empreinte solide, exacte photographie d'un animal mort à l'aube des temps.

D'autres caravansérails, plus clinquants, s'offraient aux rares touristes qui s'étaient perdus dans les allées couvertes du vieux souk en longeant la mosquée des Omeyyades, semblable à celle de Damas en apparence mais plus humaine, intime et vivante. Construite par le même calife, elle fut détruite à de nombreuses reprises elle aussi, mais il semblait que l'histoire n'avait pas de prise sur elle. Elle demeurait, elle aussi, incluse dans une gangue minérale qui l'avait sauvée des déprédations. C'était un fossile de plus où venaient encore les archéologues de la foi pour se prosterner cinq fois par jour après avoir fait leurs ablutions autour d'une fontaine qui ressemblait à s'y méprendre à celle de la mosquée de Damas, mais à la couleur ocre, teinte que l'on retrouvait dans toute la ville, inspirée des infinis mésopotamiens.

Cette magnifique mosquée a été bombardée elle aussi et j'ai bien peur que cette fois elle ne se remette pas du désastre.

Alep nous avait offert des visions grandioses. Je voyageais sur le mode du rêve et me prenais pour Al-Mutanabbi, ce poète courtisan et orgueilleux, ou Al-Fârâbî, le médecin et illustre citoyen de Halab l'antique, fille d'Abraham le berger qui préférait traire ses chèvres tout seul et dont le lait coule encore sur le marbre de la grande mosquée, entre les lignes grises et ocre du labyrinthe que le chant du muezzin, plus beau que celui de Damas, magnifiait et rendait hypnotique. Il me transportait vers des sphères jamais atteintes et mon âme se pâmait au point que je couvai une grande fièvre et gardai le lit pendant plusieurs jours dans un bel hôtel du quartier chrétien de Jdeidé. On fit venir un médecin et poète – j'y vis un signe du destin – qui diagnostiqua une petite toux d'origine virale, due à l'exposition d'une âme simple et féminine à la complexité d'une cité millénaire. Lorsque je fus remis, j'arpentai à nouveau les ruelles de la ville.

À Palmyre, je m'étais demandé si j'avais participé aux rêves sanglants qui me hantaient depuis mon réveil. N'avais-je pas connu la reine Zénobie, princesse palmyrénienne qui se dressa contre Rome ? N'en avais-je pas été l'époux, Odenath, assassiné à Émèse à l'instigation de sa propre femme ?

La cité avait surgi du désert, énigmatique. Sa colonnade dédoublée de part et d'autre de la voie triomphale se surprenait à prendre un virage que ne corrigeait pas le tétrapyle qui ouvrait sur un ciel vaste et une étendue de sable. On naviguait entre les époques, emprisonnés par un songe où s'entretenaient les spectres.

J'étais sorti le matin pour admirer l'aurore sur les ruines ; entre les pierres, pas encore ocre, soufflait un vent glacial qui s'infiltrait sous les vêtements, insinuant une langue de reptile ; puis la nuit bleue s'était diluée, réchauffée par une lumière rouge sang. Surgirent alors, des confins, les caravanes des marchands de Palmyre, ces grands seigneurs que je confondais avec les princes de Qouraysh. Ils devaient singer ces lointains ancêtres qui s'adressaient aux leurs en araméen et rendaient un culte identique à Bêl, Allât et d'autres idoles oubliées. Était-ce cette grandeur passée dont se souvenait Mahomet lorsqu'il décida de lancer ses troupes vers le nord ? Et Khalid ibn al-Walid n'avait-il pas parachevé ce rêve en conquérant la cité des sables deux années à peine après la mort du Prophète ?

Je me réfugiai dans l'enceinte du temple de Bêl, détruit lui aussi par les hommes de Daech en août 2015. Le temple de Bêl leur rappelait trop la Kaaba et ses idoles pour le laisser en l'état.

Aujourd'hui, il ne reste rien de la Palmyre visitée en 2009. Que de splendeurs disparues ! Depuis, les barbares de Daech, lancés dans une croisade à rebours et contre leur propre peuple, ont décidé de détruire tous les vestiges de leur civilisation, la mienne au passage, saccageant les tombes antiques où les grands Arabes se faisaient enterrer avec leurs épouses et leurs enfants.

Ces guerriers d'un genre nouveau n'ont pas dû apprécier les fresques décorant les caveaux qui narraient la montée au Ciel du mort entouré des siens, culte magique emprunté aux Grecs, transmigration des âmes qui m'enchanta et me permit de rêver longuement.

La horde qui déferle en ce moment sur le monde arabe n'est pas sans rappeler l'invasion mongole qui détruisit Bagdad et précipita la civilisation abbasside dans l'abîme. Nous assistons malheureusement à un suicide de grande ampleur dont l'islam ne se remettra jamais. Faut-il donc que tout disparaisse pour complaire à Allah ?

Je ne sais où nous conduira cette folie iconoclaste d'autant plus incompréhensible que les premiers envahisseurs musulmans, menés par Khalid ibn al-Walid et le calife Omar, se retinrent de détruire quoi que ce soit des splendeurs qu'ils découvraient à mesure qu'ils s'emparaient des cités antiques du Cham. Bien au contraire, ils respectèrent les villes qu'ils avaient « ouvertes » et restaurèrent même, dans le cas de Jérusalem, les cultes chrétien et juif.

Ces soldats de Daech agissent en ennemis de la religion qu'ils sont censés défendre. Ils ne respectent rien, pas même le plus élémentaire des droits humains, et se disent musulmans, ce qu'ils sont, j'en suis persuadé, mais leur religion n'est pas la mienne et ne le sera jamais.

Dans le temple de Bêl, livré aux ténèbres, je confondais les époques et voyais une préfiguration de la Kaaba. À l'intérieur, au fond d'une grande cour où se réunissaient les pèlerins, se dressait le temple qui ressemblait à s'y méprendre à celui de La Mecque. Sur une pierre, un bas-relief représentait une chamelle guidant les hommes pendant leurs circonvolutions autour de l'édifice. N'était-ce pas la chamelle du Prophète ?

Dans le saint des saints, une fresque byzantine représentait Marie, la mère du Christ, et voisinait avec une image d'Allât, divinité païenne. Certaines chroniques musulmanes racontaient que Mohammad, en pénétrant dans la Kaaba, après sa victoire contre ses ennemis, avait détruit les idoles mais conservé une icône de Marie. Quatre siècles avant la naissance du Prophète, le pèlerinage annuel de Palmyre avait de troublantes ressemblances avec celui de La Mecque. Les Arabes avaient la mémoire des rituels.

Cette foi se matérialisait aussi à Palmyre, dans ces grands tombeaux érigés au milieu du désert comme les sentinelles d'un passé exemplaire et qu'il suffisait de parcourir sous le soleil pour en mesurer la présence.

À l'intérieur des mausolées, des sarcophages sculptés représentaient les familles défuntes où le patriarche, entouré de son épouse et de ses enfants, se tenait en majesté, plus imposant encore que les images peintes au-dessus des coffres funéraires qui figuraient les âmes emportées par un oiseau vers un ciel céruléen. On se laissait volontiers conduire par la colombe vers un empyrée d'extases comme ces stylites envahis par leurs visions.

Dans cet ordre poétique, Mohammad pouvait bien être une incarnation du Christ ou un prêtre nabatéen aux pouvoirs magiques.

Palmyre renaissait tel un phénix du désert et étendait ses ailes lumineuses.

Zénobie se confondait avec la reine de Saba en une même danse sacrale. Les processions se déroulaient à nouveau autour d'un temple dédié à un Dieu unique et à ses filles nées d'un verset inspiré par le Diable.

Je me souviens encore de l'aube à Palmyre, quand le soleil teintait d'ocre la pierre millénaire et que le ciel, profond et mauve, s'éclairait avec le jour.

À Bosra, au sud du pays, nous pénétrâmes par la porte du vent. La ville était un champ de ruines. Les habitants vivaient dans des maisons construites avec les pierres de la cité antique. Nous fûmes frappés par la pauvreté des villageois : les enfants étaient mal vêtus et tristes. Les murs étaient noirs, les colonnes romaines ressemblaient à une forêt qui aurait brûlé. La ville avait été passée au charbon. Une beauté étrange, mortifère, émanait pourtant de ces lieux.

En écrivant *Le Silence de Mahomet*, j'avais imaginé une ville éclatante, lumineuse. Comme une photographie mal fixée, celle-ci avait peu à peu perdu ses couleurs. Ses contours s'étaient estompés pour ne laisser que des ombres, sorte de théâtre de Garagüz que proposait un café à Damas derrière la grande mosquée, lointain reflet de la présence ottomane. Il nous paraissait à nous, usés par ce long voyage où la puissance des choses vues aveuglait comme le soleil sur le sable, que nous devenions des ombres dans une ville comme la nuit où s'ébattaient de glorieux spectres : le moine Bouhayra, Abou Tâlib, le jeune Mohammad qui avait été accueilli comme le Messie par ces étranges religieux dont l'un avait pris le nom d'une petite mer.

J'avais été frappé par le noir de la ville. Je l'avais imaginée rouge comme Palmyre, ou ocre à la rigueur. Elle était sombre et volcanique, la pierre avait brûlé au soleil et le noir créait des profondeurs angoissantes.

Je visitais le grand théâtre préservé et encore plein de splendeurs barbares, où il était facile de se perdre dans les coulisses, ces catacombes où agonisaient jadis les gladiateurs. J'étais moi-même l'un de ces êtres abasourdis par la lumière et les hurlements de la foule. J'étais dévoré par les lions terribles de Syrie, les lynx aux fourrures gorgées de sang : les yeux des panthères me captivaient avant de m'engloutir dans leurs ténèbres.

Lorsque notre guide, Hassan, qui était originaire de la région, nous invita chez son père à prendre le café, ce dernier me chapitra à de nombreuses reprises parce que je ne savais pas le nom en arabe d'une fleur d'amandier. Je n'étais pas un Arabe, moi qui ne pouvais nommer une fleur blanche. Hassan, qui était gentil, prit ma défense. En vain, le vieil homme n'en démordait pas : je n'étais pas arabe. Je bus le café à la cardamome, qui avait un goût salé, en me souvenant de Samir…

Que sont devenus Hassan, sa femme et ses enfants qui habitaient Damas ?

Quand je n'étais pas fourré dans les jupons de Françoise, je traînais avec Olivier Gicquel que j'avais rencontré sur les bancs de la Sorbonne : nous draguions la même jeune fille, qui nous fila entre les doigts. Olivier s'en fichait un peu, il était déjà en couple, tandis que moi, j'étais une nouille. Sophie, blonde et petite, avait de beaux seins qui me faisaient rêver le soir dans ma chambre.

Je ne regrette rien de cette première année à Paris sinon toutes ces occasions perdues. C'est systématique chez moi, je suis un séducteur à éclipses. Je peux revenir bredouille pendant plusieurs mois et connaître des pêches miraculeuses l'année suivante. Je ressemble au Santiago du *Vieil Homme et la Mer*, il est *salao*, il n'a pas de chance. Je ne m'explique pas ce phénomène. Cela doit correspondre aux éruptions solaires qui, selon les années, sont plus ou moins violentes.

Je finis par dîner avec Olivier, passage Brady,

dans un restaurant indien. Ce fut, pour un natif du couscous, une découverte culinaire de première importance. J'adorai les plats au curry, les *biryani* et autres *gulab*.

Avec Olivier, je découvre Paris : la géographie parisienne est intime. Et si le cœur d'une ville change plus vite que l'âme d'un homme alors la mienne, inchangée, épouse celle de Paris. Je suis un homme adopté, en lisière de la cité, et qui se complaît dans cette marginalité. On ne peut être familier d'une ville comme on l'est d'une personne. Je voyage souvent pour me garder d'une telle tentation.

Paris n'est pas une géographie, c'est au mieux une estimation. Un espace mental qui se déploie dans le temps et l'espace. On pourrait dire la même chose de Rome que j'ai connue aussi, mais cette dernière « exhibe le cadavre de sa grand-mère » selon la formule de Joyce. Rien de tel avec Paris. Il faut plonger dans ses catacombes pour en cartographier les restes. Et je n'ai jamais mis les pieds dans ses arènes. On dira ce que l'on voudra, mais Paris est une ville au présent qui se déploie dans le passé. Un passé plus aisément arpenté dans les romans de Balzac ou d'Hugo que dans ses lignes de métro comme le souhaiterait un livre à la mode.

Le métro parisien, cette conquête des profondeurs, explore le monde et délaisse l'intime. Wagram ou Bir-Hakeim ne sont pas des histoires de Paris, ce sont les échos du monde qui grognent dans le ventre de la cité. Le livre en question se déploie en surface tant il peine à explorer l'univers que le profane réduit toujours à un plan. D'un métro à l'autre, je suis l'arpenteur des convulsions du temps, pensera le touriste en déambulation dans les couloirs de cet appareil digestif qui tente d'être à la fois une géographie, un livre d'histoire et un bottin mondain.

À ma connaissance, il n'existe pas de station Balzac. Oubli révélateur quand tant d'illustres inconnus parsèment la toile. On se demande si le grand écrivain, qui inscrivit Paris dans l'imaginaire de l'humanité, comme ces architectes les pyramides pour la contemplation des siècles, n'avait pas désiré effacer son nom des pierres anciennes qui portent sa marque inaltérable. On oublie un peu trop vite que Paris est unc fiction avant d'être une géographie. Voilà, je me répète, Hugo, qui a sa station, Balzac et Eugène Sue, qui n'ont rien, sont les véritables maîtres d'œuvre de ce monde que nous arpentons tous les jours. Sans eux, la Ville Lumière n'existerait pas dans l'état que nous lui connaissons. On eût rasé Notre-Dame pour en faire un parking.

La Sainte-Chapelle n'eût pas résisté aux appétits d'un professeur de lettres devenu président. Paris a bien été éventré par ce contempteur de Zola.

Je n'aime pas le métro, il est trop imparfait. À trop vouloir s'étendre sur tout, il se conduit mal. Et il porte en lui tous les malheurs du monde.

J'étais en exil sur la terre. Je ne composais plus de poésie. Mais j'écrivais toujours dans une chambre, boulevard du Montparnasse, à quelques mètres de la rue Notre-Dame-des-Champs où se promenait Rainer Maria Rilke. À deux pas, rue Campagne-Première, Aragon rejoignait Elsa dans un petit hôtel dont j'ai oublié le nom.

À la Sorbonne, je rencontrai une jeune Grecque, Effi, qui devint mon amie et me présenta à toute la communauté hellénique de Paris. C'était une jolie fille un peu boulotte, drôle et tendre. Elle préparait un mémoire sur Balzac. On s'entendait à merveille. Je crus comprendre quelques années plus tard que je lui plaisais. J'étais surtout attiré par Anthi, son amie, qui était complètement folle et parlait comme une mitraillette un français à l'accent grec. Je passai la nuit avec Anthi. Elle me dit à un moment : « Salim, tu peux toucher ma cuisse, elle est dure comme de la pierre. » Je tâtai le morceau, c'était de ce marbre dont sont faites les statues. Praxitèle l'eût prise pour modèle, la belle Anthi, qui avait des allures de jeune éphèbe.

J'ai l'impression de raconter une anecdote hétérosexuelle de mon ami Christian Giudicelli qui, par ailleurs, aime les garçons. Christian, je l'avais rencontré la première fois à son émission de radio sur France Culture après la parution du *Chien d'Ulysse*. Nous étions deux écrivains : Abdellah Taïa et moi-même. Abdellah fait une belle carrière en portant bien haut la cause homosexuelle dans le monde arabe et moi en séduisant mes lectrices, les deux causes se valent à mon avis.

À la fin de l'émission, Christian m'avait invité à prendre un café aux Ondes, le bistrot de la Maison de la radio. Marie, ma première femme, m'accompagnait et Christian nous raconta sa vie comme si nous étions des proches, entrant dans des détails pour le moins intimes. C'était étrange mais j'avais l'impression d'avoir toujours connu Christian, même quand je ne vivais pas encore en France. J'avais lu *Station balnéaire*, son roman qui mettait en scène un trio amoureux et se terminait sur une plage de Méditerranée. J'avais été un adolescent maladif que ses parents, à juste titre, empêchaient de sortir en été lorsque tous ses camarades s'éparpillaient sur les plages ou s'évadaient dans d'autres pays qui me faisaient rêver.

Je passais toutes les vacances dans notre appartement dont on avait fermé les persiennes comme il est d'usage dans les pays chauds. Dans une atmosphère sombre et silencieuse, je demeurais égaré, perclus de solitude. Cela durait ainsi pendant trois longs mois. En ce temps-là, au siècle dernier, nous n'avions pas d'internet, le dvd restait à inventer et les magnétoscopes étaient des mastodontes que peu de gens pouvaient s'offrir dans l'Algérie socialiste. La télévision d'État ne comptait qu'une seule chaîne que nous appelions l'Unique. Celle-ci ne daignait émettre qu'à partir de cinq ou six heures du soir.

Alors, pour passer le temps, je lisais dans la pénombre tout ce qui me tombait sous la main. Je dévorai ainsi *Station balnéaire*, roman qui avait eu le prix Renaudot. Je fus emporté par l'histoire de ce trio amoureux, un homme mûr et un couple d'adolescents, la vie de Christian en somme. Comme l'indiquait le titre, une échappée fatale conduisait ces trois personnages vers le Midi, et je rêvais de les accompagner. Je m'évadais en leur compagnie. J'en avais gardé un si vif souvenir que lorsque j'avais rencontré Christian Giudicelli, bien longtemps après, j'y avais vu un signe du destin.

Je passai une nuit très douce et très chaste avec Anthi. C'était bizarre. Je veux dire que j'étais attiré par Anthi, mais que je n'aurais jamais sacrifié notre amitié pour une nuit de galipettes. Il m'est par la suite arrivé de proposer à des femmes de dormir avec moi, en toute innocence. En général, cela s'est toujours terminé par une baisade, pour reprendre le mot de Flaubert. On obtient tout des femmes en ne demandant rien. Une leçon de la vie que j'ai apprise avec Anthi, à l'âge avancé de vingt-cinq ans. Je ne devais pas plaire à Anthi ou elle ne voulait pas faire de la peine à Effi, sa meilleure amie.

Olivier Todd prenait souvent de mes nouvelles, me téléphonant dès le matin pour s'assurer que je travaillais à mon Malraux et ne passais pas mes journées à dormir. Il me réveillait souvent. Depuis que je pouvais sortir le soir, n'ayant plus mes parents sur le dos, je traînais dans les rues de Paris, j'allais au cinéma pour la dernière séance, je passais des soirées avec mes amies grecques, je me baladais avec Olivier du côté des Halles et ne rentrais que par le dernier métro ou le premier, celui de cinq heures, comme dans la chanson de Dutronc.

Je mentais à Olivier Todd pour qu'il ne s'inquiétât pas outre mesure. Je pouvais en quelques secondes retrouver mes esprits, répondre aux questions et demandes diverses de mon mentor : elles étaient toujours nombreuses et variées. Olivier se comportait avec les gens qu'il aimait comme un général d'armée sur le point d'entrer en campagne. Étaient-ils toujours fidèles au poste et sur le pied de guerre ? C'était un homme qui avait bien lu Perec et il refusait que je sombre dans la mélancolie typique de l'étudiant parisien. Il ne voulait pas que je sois « l'homme qui dort » du 35 boulevard du Montparnasse. De fait, je devins insomniaque alors que je pionçais comme une brute en Algérie.

Sans Olivier, je ne serais pas devenu écrivain. C'est le premier qui m'a poussé à écrire d'une manière continue et sérieuse. Plus tard, quand j'ai commencé à rédiger *Le Chien d'Ulysse*, il en a lu les versions successives, y apportant de nombreuses corrections, m'incitant à écrire le plus vite possible. Il me donnait entre quinze jours et trois semaines pour lui apporter un nouveau manuscrit et il me le rendait toujours *abondamment* annoté, les adverbes en «ment» avaient été biffés, les auxiliaires s'étaient suicidés, les répétitions avaient donné lieu à d'étranges arabesques qui s'étoilaient sur la page. Il fallait les faire disparaître au plus vite. Je devais chaque fois préciser ma pensée, réorganiser mes paragraphes, changer une formulation quand un point d'interrogation venait se mettre en travers de la page.

Quand j'envoyai ma dernière version à Gallimard, Olivier me passa un savon parce qu'il estimait que *Le Chien d'Ulysse* n'était pas encore abouti. J'avais expédié mon livre pour mettre un terme à ce travail harassant qui durait depuis une année et menaçait ma santé. J'avais réécrit le roman une bonne vingtaine de fois en quelques mois. J'avais appris à ne jamais cesser de peaufiner mon texte, jusqu'au dégoût parfois.

Pour finir, et grâce à mes amis, cette première année à Paris passa très vite. J'obtins ma maîtrise avec la mention très bien et je rentrai en Algérie, la tête encore farcie d'illusions. Je pensais retrouver Samira, la femme de ma vie. Je tins un journal de cette période, l'une des plus noires de mon existence, où je tombai gravement malade et connus le désamour.

J'ai perdu beaucoup d'amours ainsi. La maladie vous guérit aussi de cela, dans les périodes où elle se manifeste avec violence. Tout votre être n'est tendu que vers la guérison et contre la mort. C'est une guerre où les sentiments disparaissent, laissant le champ de bataille aux armées en présence : vous, finalement désarmé, et elle, lourdement équipée.

Après le combat, il ne reste rien, même si vous êtes encore en vie. Je veux dire par là que tout est dévasté, votre âme, votre cœur et les personnes qui vous aiment peu ont souvent pris la fuite. J'ai perdu ainsi de fausses amours, de celles qu'aurait pu fredonner Apollinaire dans *La Chanson du mal-aimé*.

La mort fait peur : comme je comprends cela. Ainsi j'ai probablement perdu celle que j'appelle Samira même si elle est venue me rendre visite après ma crise de drépanocytose. Elle m'a connu au pire moment de ma vie, celui que l'on ne devrait dévoiler à personne, et j'ai eu honte de mon état. D'autres femmes, moins charitables, n'ont pas eu cette délicatesse de me laisser partir. Elles ont choisi d'elles-mêmes leur liberté.

Plus tard, ma première femme, que j'avais trompée, me quitta aussi parce qu'elle ne pouvait plus supporter de vivre avec un homme continuellement malade. Je ne lui en tins pas rigueur, ayant beaucoup à me reprocher de mon côté. Il est impossible de vivre avec un homme comme moi quand la maladie vient : je deviens insupportable pour moi-même et les autres. La souffrance est une amante bien redoutable. On pardonne parfois à l'orgueil blessé, on excuse moins la fragilité de l'autre, qui se manifeste sans pudeur lorsque vous êtes malade. L'amour exige des corps robustes, des âmes fortes : solidités dont je suis dépourvu hélas.

Petit, je me gardais bien de parler de mes maux, je savais d'instinct qu'il fallait les tenir secrets. Les enfants sont comme les chiens, ils reniflent la faiblesse et n'ont de cesse de l'attaquer jusqu'à la mettre en pièces. Parfois, les hommes et les femmes sont ainsi : ceux-là ne font pas de bons compagnons ni de belles compagnes. Je n'accable personne, moi-même je suis dégoûté par le mal lorsqu'il atteint les autres et j'ai tendance à le fuir. Je me trouve cette lâche excuse : j'ai eu ma part de misères…

Aujourd'hui, je tremble quand mon fils est malade. Je revois trop de choses de mon enfance. J'imagine le pire. Une bohémienne rencontrée à Grenade, près de la cathédrale où sont enterrés Isabelle et Ferdinand, les rois catholiques, m'avait prédit un enfant unique. Sur le moment, je ne crus pas la diseuse de bonne aventure. D'autant que le séjour dans la ville s'acheva à l'hôpital. Des années plus tard, je me souviendrais de ses paroles, et j'en rirais, croyant savoir très bien ce que je ne voulais pas. Mais le destin, le *mektoub*, le hasard, appelez-le comme vous le voulez, en décida autrement et je devins père.

Résidence universitaire, rue Dareau. Neuf mètres carrés. Une cellule. En un mois, j'y écrivis la première version du *Chien d'Ulysse*. J'y rencontrai aussi une jeune femme qui s'appelait Céline. Elle avait des cheveux blond vénitien, une peau douce comme un fruit. C'était une petite-fille de pieds-noirs. Un soir, elle m'invita dans sa chambre et m'embrassa. Elle me confia qu'elle était vierge, elle avait dix-neuf ou vingt ans, et je sentais que cela lui pesait. Je pris peur, je ne sais pourquoi, et n'osai la toucher. Je craignais de la décevoir. Les jeunes femmes et les jeunes hommes se font une grande idée de la jouissance. À une rare exception, la passion amoureuse qui enflamme corps et âmes, le sexe est un passe-temps et un sport qu'il faut pratiquer tranquillement.

Avec Céline, qui me plaisait beaucoup, je ne voulais rien de sérieux, j'étais encore attristé par ma faillite sentimentale en Algérie. Par dépit, Céline se trouva un amant qui n'eut pas les mêmes scrupules. Elle me déclara, pour se venger un peu, qu'elle était très heureuse et qu'elle aimait faire l'amour avec lui. Une année après, elle me confia que son fougueux chevalier servant lui avait fait mal et qu'elle n'avait jamais éprouvé de plaisir avec lui. Elle ajouta, ingénue, qu'il avait un trop gros sexe. Voilà qui devrait en rassurer certains.

Le mois suivant, je déménageai boulevard Jourdan, à la Cité internationale universitaire de Paris : quinze mètres carrés avec un lavabo, douches et toilettes sur le palier. J'y rédigeai les cinq ou six versions successives du *Chien d'Ulysse* pendant deux longues années.

Je rencontrai au resto U de la Cité une jeune femme habillée de noir, à la voix profonde et aux yeux verts. J'ai toujours eu des problèmes avec les brunes aux yeux verts. Avec les brunes aux yeux bleus aussi. Je me vante un peu. Elle faisait des études de philo et écrivait de la poésie. Elle n'écoutait que France Culture et France Musique. Mes amis l'appelaient Dark Vador. Elle était un peu angoissante. Nous faisions l'amour en silence, surtout elle, et elle refusait de me prodiguer une certaine caresse intime parce que c'était dégradant pour la femme. Je lui avais prodigué le même type de caresse et elle n'avait pas trouvé cela dégradant pour moi. C'était une philosophie qui semblait se tenir jusqu'au jour où elle m'annonça qu'elle avait été suivie par un homme et qu'elle avait cédé à ses avances.

Je lui demandai donc ce qu'elle comptait faire, elle ne me répondit pas, comme à son habitude. Elle continua à nous voir tous les deux, ce qui devait bien l'amuser dans le fond et commençait à m'agacer. Un jour que nous discutions, elle m'annonça qu'à l'évidence je ne pouvais me passer d'elle. Piqué au vif, je m'éloignai du côté obscur de la force.

Je connus aussi une Allemande à la Sorbonne. Elle n'était pas très jolie, mais me paraissait sympathique. C'était une sportive. Elle avait toujours un million de choses à faire et j'étais son bouche-trou. Malheureusement pour moi ce dernier office était expédié sans un mot, d'une manière on ne peut plus froide et mécanique. L'Allemande était une planche qui avait poussé dans la forêt bavaroise. Quand je l'embrassais, elle se détournait au prétexte que j'avais fumé juste avant. Vrai, j'étais un pompier. Elle me demanda de choisir entre cette vilaine habitude et elle. Je la quittai. Pendant de nombreux mois, elle me poursuivit, tombée soudain en amour.

En 1998, pendant la Coupe du monde, alors que l'équipe de France battait le Brésil en finale, je jouais une autre partie contre une Portoricaine de dix-neuf ans, que j'avais rencontrée à la Cité universitaire. Elle était belle et très experte dans l'art de l'amour. À cet exercice, la valeur n'attend point le nombre des années et l'inverse est tout aussi vrai. Elle était splendide, elle avait des traits d'Indienne, d'Espagnole et de Noire, une peau caramel et douce comme la mienne. Je fais ici de la réclame pour nous deux.

D'un tempérament certain, elle m'engueulait lorsque je regardais une autre fille, ce qui n'était pas très courtois, il est vrai. Elle se débrouillait très bien en français, bien mieux que moi en espagnol ou en anglais, ses deux langues maternelles. Un jour, à force de galipettes, je craquai un préservatif. En me retirant délicatement, je découvris le désastre. Angoisses. Nous fîmes les tests de dépistage du sida, nous n'avions rien. Quelques jours après, j'eus des brûlures en urinant. Je pris des antibiotiques pendant quelques semaines.

C'en était fini de Porto Rico et des Caraïbes. La belle repartit sur son île et revint l'année suivante à Paris. Elle me téléphona pour prendre de mes nouvelles, mais j'étais quelque peu échaudé et surtout j'avais rencontré Marie.

Je quittai la Cité U en 1999 et m'installai rue des Rigoles avec Marie dans un petit studio où j'apportai les dernières touches à mon manuscrit. Je l'envoyai à plusieurs éditeurs et il plut à Gallimard. Je ne m'y attendais pas. Comment un jeune écrivain algérien pouvait-il être publié par une maison d'édition aussi prestigieuse?

J'avais reçu un coup de téléphone de Jean-Marie Laclavetine dont je connaissais les livres, surtout *Première ligne*.

Jean-Marie avait aimé *Le Chien d'Ulysse* et s'apprêtait à le défendre devant le comité de lecture de la maison d'édition que tout le monde dénigre à Paris, mais dont tout le monde rêve. Il n'a jamais manqué de personnes dans ma vie pour me dire que Gallimard n'était plus dans Gallimard depuis la mort de Gide, Camus et Céline… Ou pour me rappeler que Proust avait été refusé par le même Gide. En gros, si j'étais là, c'était par hasard ou grâce à l'ignorance crasse des éditeurs, à la baisse générale du goût littéraire en France. Ces remarques venaient toujours d'écrivains en puissance ou en manque de reconnaissance.

C'est très étrange à dire, j'avais la certitude que mon livre serait publié. Je pensais qu'il le serait par les éditions du Seuil, qui avaient porté Kateb Yacine et Mohammed Dib, Driss Chraïbi et Tahar Ben Jelloun, écrivains que j'admirais quand j'étais en Algérie. C'étaient des exemples d'auteurs maghrébins qui avaient réussi à Paris. Louis Gardel, romancier et éditeur du Seuil, aujourd'hui un ami, s'intéressa un temps au *Chien d'Ulysse* avant de s'en détourner : le roman n'était pas un jardin à la française.

Quand je me remémore cette période de ma vie, je ne peux m'empêcher de voir un jeune homme culotté. J'avais la certitude que je réussirais à devenir écrivain. C'était la seule foi qui me guidait à l'époque. Je ne croyais pas en Allah mais en mon talent. J'avais beaucoup de volonté et un caractère bien trempé. Avec le recul, je vois un homme au sortir de la jeunesse qui joua sa vie sur un coup de dés et que le hasard n'abolit point.

Jean-Marie Laclavetine tint parole et mon *Chien d'Ulysse* fut autorisé à gambader dans le jardin des lettres, m'apportant une certaine renommée à défaut de la gloire qui me faisait rêver à quinze ans. Car, vois-tu, cher et inconstant lecteur, à l'âge masturbatoire, je rêvais de décrocher la lune et les étoiles.

Maintenant que je suis plus vieux, plus calme, je regarde croiser au large ce beau navire de la célébrité qui me fit tant songer.

Jean-Marie m'invita à lui rendre visite chez Gallimard. Je fus impressionné par le hall d'entrée. Le bureau de Jean-Marie était plus austère, niché sous les toits, et je m'y sentis mieux en définitive. Je ne connais pas de lecteur plus consciencieux et honnête que Jean-Marie Laclavetine. Je lui dois d'être l'écrivain que je suis même si parfois j'ai écrit des livres qui lui ont déplu comme *Tuez-les tous*, mon roman sur le 11-Septembre. Il l'a publié et défendu pourtant. Jean-Marie Laclavetine est non seulement l'inventeur de Salim Bachi mais aussi d'une myriade d'écrivains plus talentueux les uns que les autres, à mon grand désespoir. Ce sont autant de rivaux que je maudis à chaque rentrée littéraire.

Ce jour-là, j'écoutais Jean-Marie me parler de mon roman comme s'il avait évoqué un autre écrivain. Je ne disais rien, intimidé de fouler la face cachée de la Nouvelle Revue française. Je pensai au Poète, l'amant de Françoise, et je souris : c'était aussi une victoire contre les fâcheux.

Je crois bien que je rencontrai tout le monde. Je dus faire mauvaise impression, empêtré dans ma gêne comme un coureur de foire dans son sac de jute. Je vois parfois de jeunes écrivains arriver chez Gallimard nullement troublés, donnant trop bien le change. Je les envie presque de faire si bonne figure. Il faut pourtant toujours aller dans les lieux chargés d'histoire, musées, cimetières, églises, mosquées ou synagogues, en faisant le moins de bruit possible, à pas de loup... Mais je suis d'une époque ancienne où le tapage ne faisait pas encore loi.

J'ai peu de souvenirs de ce premier rendez-vous à la NRF. Je suis distrait dans la vie et il me faut revoir les gens pour mettre un nom sur leur visage. Je ne sais même plus les sentiments qui m'habitaient alors. De l'émotion, de la crainte, de la fierté ? À vrai dire, je ne me sens pas plus écrivain aujourd'hui qu'il y a vingt ans. Pour moi, écrire n'est pas une profession, je ne veux pas dire par là que ce n'est pas un travail, souvent pénible, douloureux même lorsqu'il s'agit de touiller dans la marmite des souvenirs. Ce n'est pas un état de l'être acquis pour la vie. Écrire suppose que l'on doive à chaque livre recommencer à zéro. C'est une modestie nécessaire pour avancer et qui ne va guère avec l'époque qui glorifie le néant.

Certain de réussir dans la carrière des lettres, j'abandonnai mes études. Ce fut une grossière erreur. Je n'aurais pas dû tout offrir à cette maîtresse exigeante qui ne rend rien, surtout pas le temps et l'amour qu'on lui consacre. Je me condamnai à la pauvreté. Je me fermai les portes du marché du travail, celui des gens normaux, pour m'emprisonner dans une cage qui laisserait filtrer les lumières du monde, au loin, un peu comme dans cette caverne que nous décrit Platon. On peut aussi retourner l'image et dire que ce sont les autres qui, enchaînés à leur labeur, regardent les reflets d'une autre vie, la mienne.

J'ai travaillé pendant deux années en Irlande, à Cork, où j'ai joué au directeur d'une Alliance française. Je me levais tous les matins pour gagner mon pain. J'étais là avant tout le monde et je repartais quand il n'y avait plus personne. Les journées étaient sombres et humides, les nuits froides et courtes. Je compris alors pourquoi Joyce avait choisi l'exil, loin d'Hibernia, le pays de l'hiver éternel. Je rencontrai beaucoup de poètes en Irlande, l'île les fabrique à la chaîne : ce sont les meilleurs des hommes et des femmes de cette étrange contrée. Je connus aussi beaucoup d'idiots et d'idiotes, imbéciles qui eussent peuplé un roman de Flaubert. Mon pauvre James Joyce, comme tu as dû souffrir les ricanements de ces grotesques !

J'y rencontrai aussi mon ami Pat, professeur de littérature à l'université de Cork, qui est l'homme le plus sincère et le plus droit que je connaisse. En sa compagnie, j'ai écumé tous les pubs de Cork, bu des pintes et chanté comme un ivrogne. Le peu d'anglais que je sais, je le lui dois.

J'ai tenu six mois à ce régime de labeur et de Guinness. Je n'étais pas un esclave, loin de là. Je recevais un digne salaire pour peu de peine en définitive. Pourtant, ces premiers mois passés, je n'avais plus qu'une envie, retrouver ma liberté d'écrivain. Je rêvais à nouveau de Paris et de ses rues sombres, des journées sans but, des longues promenades le long de la Seine.

Je traînai encore deux années en Irlande, sous une pluie éternelle, âme au purgatoire, puis je rentrai chez moi. Je jurai que je ne travaillerais plus jamais.

En sortant de chez Gallimard, en ce mois de juin 2000, j'étais heureux, j'avais réussi mon pari : publier un livre avant mes trente ans. J'étais passé de l'autre côté du miroir et j'avais emmené avec moi l'expérience de toute une génération.

Marie et moi nous avions terminé nos études au même moment, elle avait obtenu brillamment son agrégation de lettres modernes, j'avais publié mon premier roman et reçu quantité de récompenses. Elle me plaisait et nous étions très complices.

Mais pendant l'écriture de *La Kahéna*, mon second roman, les choses commencèrent à dérailler. Nous vivions dans un petit appartement de quarante mètres carrés où, tous les deux, nous écrivions toute la journée, elle sa thèse de doctorat sur le théâtre de marionnettes, moi ce qui deviendrait *La Kahéna*. Le livre me posait de redoutables problèmes de construction et ce fut un calvaire de le composer. Il me rendait littéralement fou. Pour couronner le tout, nous passions notre temps à nous crier dessus, comme deux chats se disputant les restes d'un poisson. Le confinement expliquait en grande partie cette animosité. Une sorte d'atmosphère de compétition aussi, aiguisée par nos amis communs, des gens jaloux de notre réussite apparente.

Pour ne rien arranger, j'avais des problèmes de papiers et ma résidence en France était suspendue à la préfecture de police de Paris où je me rendais tous les ans, subissant ces petites humiliations qui sont le lot de tous les émigrés dans le monde, travailleurs ou étudiants. Grâce à Gallimard, j'avais obtenu le statut convoité de salarié et je bénéficiais donc d'un titre de séjour d'un an renouvelable pour peu que mes revenus fussent conséquents. Cette situation était très angoissante. Je suppliais donc ma compagne pour que l'on se mariât et que je pusse enfin me débarrasser de ce problème.

Nous convolâmes en 2003 pendant cet été caniculaire qui marqua tant les esprits en France. Ce fut une grande erreur que ce mariage d'amour et de raison. Quelques semaines après paraissait *La Kahéna*, roman qui fit un flop. Ce livre est le plus beau que j'aie jamais écrit. Quoi qu'il en soit, ce qui aurait dû être mon triomphe littéraire après les promesses du *Chien d'Ulysse* constitua le début de ma descente aux enfers. J'exagère mais les problèmes s'accumulèrent à la suite de ce roman qui m'avait demandé une énergie considérable. J'étais tombé très malade l'hiver avant sa parution, épuisé par le travail fourni pour le mettre au point. Toujours la grippe, suivie de la drépanocytose, ma fidèle compagne. Je fis cette fois une embolie pulmonaire et je fus hospitalisé pendant presque un mois.

À ma sortie, j'étais un autre homme, j'avais frôlé la mort. Je dus utiliser une bouteille d'oxygène pendant de nombreuses semaines. Ce fut un tel choc pour moi que ma raison dut vaciller un peu. Pour compliquer les choses, Marie avait obtenu de passer un mois à la Casa de Velázquez pour ses études. Nous devions partir ensemble à Madrid, voyage qui me faisait rêver, moi qui aimais tant l'Espagne. Les médecins m'interdirent de partir et je restai seul à Paris pendant un mois, marié à ma bouteille d'oxygène. Je me sentais abandonné de tous et surtout de ma compagne.

Enfin je ne le vivais pas tout à fait ainsi au début. Il fallut qu'un de mes amis, Amine, me fasse remarquer qu'une femme qui vous aime ne vous laisse pas en plan lorsque vous êtes malade ou convalescent. Mon premier réflexe fut de rejeter ces paroles que je trouvais injustes à l'égard de Marie. Puis les mots de mon ami firent leur chemin pendant ma convalescence et finirent par s'imposer comme une évidence. Marie revenue d'Espagne, quelque chose s'était brisé : je n'avais plus confiance. Je savais bien qu'elle ne pouvait pas renoncer à son voyage d'études, elle aurait pu le décaler un peu, c'était un cas de force majeure après tout. Elle n'en fit rien, heureuse d'échapper à un climat de maladie qui la fatiguait et à un homme qui se remettait doucement. Nous nous mariâmes quand même et ce fut une erreur. Je n'étais plus amoureux d'elle.

Je me remis de ma maladie et commençai à rejeter ma vie d'avant, Marie comprise. Je ne voyais plus nos noces que comme une mascarade et la cérémonie me déplut fortement.

Au salon du livre de Nancy, où j'avais été invité pour *La Kahéna*, je rencontrai Mathilde qui me plut beaucoup. Une passion charnelle nous emporta dans son tourbillon, enfin m'emporta. Je passais mes nuits avec Mathilde quand elle venait me rendre visite à Paris. Dans une chambre de bonne, à Bastille, on s'aimait jusqu'à l'épuisement de nos sens pendant que manifestaient, plus bas, sur la place, les militants de je ne savais quelle cause dont je me fichais éperdument. Le corps de mon amante devenait le lieu d'une révolution perpétuelle qui nous abandonnait pantelants, vidés de toute substance mais parfaitement heureux, rassasiés pour quelques minutes à peine puisque la folie revenait souffler sur nous. Celle-ci nous faisait accomplir des prouesses sexuelles dont je me souviens encore. Je ne connaîtrais plus jamais ce genre d'emportement mais il fallait le vivre pour en parler et je le vivais sans conscience ni remords aucun. J'avais largué les amarres.

Quelques mois plus tard, femme légitime et maîtresse m'avaient quitté et je me sentais profondément seul à Paris. Je rencontrai Élise. Elle avait vingt ans et était très jolie. Vierge, elle aussi, elle s'interrogeait sur sa féminité. Je plaisais à Élise qui était musicienne et avait le charme du renouveau. Cette fois je courtisai la jeune violoniste pendant quelques semaines et lui fis doucement l'amour lorsque enfin elle m'invita chez elle.

Mais je savais que notre petite idylle était condamnée : être le premier c'est pire que d'être le centième, il y aura toujours un moment où votre amie désirera connaître autre chose. Je préférais précipiter la fin d'une liaison qui me semblait vouée à l'échec. À ce propos, les femmes, plus discrètes que nous, ont plus d'amants au cours de leur vie même si des études idiotes persistent à dire le contraire. L'aventure n'est pas l'apanage du genre masculin. Mon enquête de terrain me dit le contraire, ou alors je n'ai connu que de grandes friponnes. Ce qui est fort possible.

Je rencontrai au même moment Laura. Je ne la quittai plus. Nous allâmes ensemble à Rome. Je me languissais d'elle quand elle retournait à Paris où elle travaillait toute la semaine. Elle me rejoignait les week-ends. Cette année de résidence à la villa Médicis fut un échec. Je ne m'y sentis jamais bien, souffrant de maux divers, souvent imaginaires. Comme le grand Joyce lui-même, je détestai la Ville éternelle.

J'ai quarante-quatre ans aujourd'hui et, à l'inverse de Rome, je ne suis pas éternel. Alors que se profile à l'horizon ce que Conrad aurait nommé une seconde ligne d'ombre, la première étant celle qui signe la fin de la jeunesse et l'entrée dans l'âge adulte, je sais à présent que la vie n'est qu'une succession d'adieux, une lente descente vers le néant, un processus de démolition, pour reprendre la célèbre phrase de Francis Scott Fitzgerald. Ruptures, deuils, maladies nous préparent à l'irréparable et un sentiment de tristesse nous envahit et nous accable.

Des philosophes comme Épictète et Épicure nous enseignent le détachement ou le renoncement. S'il y a des choses que nous ne maîtrisons pas, comme la mort d'un enfant, n'est-il pas plus sage de ne pas s'en préoccuper ? Pourquoi pleurer ce que l'on a perdu et que l'on ne retrouvera plus jamais ? Pourquoi gémir sur mon sort si je ne suis pas riche ou si je suis malade ? Cela ne dépend pas de moi…

Épictète était un esclave à qui son maître avait brisé une jambe. N'est-ce pas en grande partie cette attitude fataliste qui donnera naissance aux religions monothéistes ? De cette vie, il n'y a rien à attendre puisque tout est profondément injuste et destiné à périr, alors tournons-nous vers cet au-delà consolateur, cette promesse de vie après la vie. Je comprends ce désir de durer par-delà la séparation et la mort. La mort est scandale, nous dit Jankélévitch.

Pour autant, cette philosophie de l'acceptation, dont la religion fait partie, me paraît tout aussi scandaleuse. Je me souviendrai toujours de l'argument de Dostoïevski sur la mort d'un enfant. Pour Ivan Karamazov rien, aucune croyance, ne peut justifier la souffrance d'un enfant. C'est simple en vérité. Si un seul innocent souffre, c'est que Dieu qui prend soin de tous est fautif. Dieu ne peut être imparfait ou alors Il n'est pas. Et si Dieu n'existe pas, tout est permis. Pour Dostoïevski, Ivan est un nihiliste. Pour un véritable croyant comme son frère Aliocha, et pour Dostoïevski sans doute, Ivan est le diable incarné.

Alors pourquoi des croyants ou prétendus tels se permettent-ils tout au nom d'un Dieu qu'ils appellent Allah ? Pourquoi assassinent-ils des innocents, des enfants, certains de gagner le paradis en récompense de leurs crimes ? Je ne pensais pas en lisant Dostoïevski à dix-huit ans qu'un jour des hommes de Dieu se mettraient à appliquer le programme nihiliste d'Ivan Karamazov qui avait au moins l'excuse de ne pas croire.

C'est ce paradoxe que j'ai essayé de comprendre en écrivant *Tuez-les tous*, mon roman sur le 11-Septembre, narré du point de vue d'un terroriste. Comment un croyant en arrive-t-il à penser agir pour la gloire de Dieu en massacrant des innocents ? Et surtout dans quelle mesure son œuvre n'est pas la négation même de ce Dieu qu'il prétend adorer ? Les terroristes musulmans sont les nihilistes de ce début de siècle. De Dieu, finalement, ils n'ont cure puisque tous leurs crimes en contredisent l'idée si l'on suit le raisonnement de Dostoïevski. C'est pourquoi j'ai tenu à faire la distinction dans ce récit de ma vie entre Dieu et Allah dont le nom ne veut plus rien dire puisqu'il sert à justifier l'horreur et la barbarie. Une partie des musulmans s'est approprié Dieu pour mener une guerre contre l'humanité. Elle en a fait une idole pour légitimer ses crimes. Il s'agit là d'une image de l'homme, dégradée et hideuse, que certains nomment Allah.

Enfant, je cherchais Dieu sous les ailes des avions. Plus tard, j'étais simplement heureux de fuir l'Algérie où l'on s'ennuyait beaucoup et où Allah était omniprésent. L'âge aidant, je tempère mon enthousiasme lorsqu'il s'agit de monter à bord d'un Airbus ou d'un Boeing. Je ne vous parle même pas de ces avions à hélices, les ATR, ou de ces petits jets dans lesquels des milliardaires trouvent la mort en Russie.

J'ai peur de l'avion. Pourquoi ? Je sais que Dieu n'est pas niché sous les ailes de l'appareil ou alors c'est Allah qui a armé des kamikazes prêts à nous faire sauter sur une tour. Je les imagine sortir des rangs, se lever et d'un mouvement coordonné s'introduire dans le poste de pilotage afin de prendre le contrôle de l'appareil. Le plus amusant, et je m'en suis aperçu en allant aux États-Unis, c'est que je suis suspect aux yeux des passagers américains et je capte parfois d'étranges regards…

En allant aux toilettes, je fais bien attention

à montrer clairement mon intention qui est de soulager ma vessie et non de prendre d'assaut la cabine de pilotage. Ces vols vers les États-Unis sont infestés de *cops*. Ils trimbalent un véritable arsenal dans des valises noires. Déjà à bord lorsque vous embarquez, ils ne descendent jamais avant que l'appareil ne soit complètement vide. Cela étant dit, je n'ai jamais eu de problème avec ces gars. Il suffit de ne pas aller plus loin que la porte des toilettes. Comme ça, c'est *safe* pour tout le monde.

Pour moi, les véritables soucis commencent à l'arrivée. J'ai un passeport français alors que je suis né *en Alger* comme dirait Géronte dans *Les Fourberies de Scapin*. Pour ne rien arranger, sont tamponnés sur ce document très sensible des visas libanais, syrien et tunisien. Par chance quand je suis allé en Libye et à Cuba mon passeport n'a pas été visé par les agents de ces beaux pays qui savent très bien les soucis qu'ils peuvent causer à l'aimable touriste surtout s'il est arabe. Je le dis ici, je ne risque rien : personne ne le rapportera aux autorités officielles, les lecteurs et les lectrices sont des gens formidables qui refusent de moucharder le FBI.

En passant la frontière des États-Unis – je revenais d'un colloque au Canada –, j'eus maille à partir avec le policier de service ce jour-là. Je crus bien ne jamais pouvoir m'en sortir. L'animal me demanda ce que je faisais dans la vie, sachant très bien que j'écrivais des livres. Quel genre de livres ? insista l'analphabète. Je me gardai bien de lui dire que j'avais écrit un roman sur le terrorisme, plus exactement sur le 9/11 (*Nine / Eleven*) du point de vue de Mohammed Atta.

Prononcez à voix haute les mots terrorisme ou bombe devant un agent de la police des frontières américain. Vous verrez. Je me tus donc et je passai après une vingtaine de minutes d'inutiles palabres. Quelques jours plus tard, accompagné par Laura, je me promenais à Los Angeles en regardant amoureusement l'océan pacifique. Cela valait bien quelques désagréments. J'eus même droit à un tremblement de terre.

De retour d'Alger, où je suis allé voir mon père, une policière arabe ou antillaise, elles se ressemblent, me retient longuement à Orly, me dévisage pendant de nombreuses minutes, examine les visas ; j'entends son petit cerveau carburer à la vitesse d'un canasson dans un film muet : *Syrie, Liban, mauvais mauvais, Tunisie, Algérie, mais qui est ce type ? Un agent sous couverture,* undercover... *peut-être...*

Je ne dis rien et passe quand même en me fendant d'un sourire terrorisant.

J'ai vécu trois années durant sous le régime de terreur islamiste en Algérie, de 1992 à 1995, à l'époque où les fous d'Allah étaient présentés par tous les pays occidentaux comme une alternative crédible au règne des militaires. Il y eut des dizaines de milliers de victimes dans l'intervalle. Qui s'en émouvait en Occident ?

J'ai écrit une nouvelle en 1992 ou 1993, je ne sais plus très bien, sinon qu'elle était très mauvaise. Seul mérite de cette pochade, elle se terminait sur l'idée que la violence étrange, sans nom, qui nous concernait finirait par déborder l'Algérie et s'étendre au reste du monde. Cette violence s'appelle Daech aujourd'hui ; elle s'est appelée al-Qaida hier et GIA avant-hier.

L'étendard noir de l'émirat mondial a fini par gagner cette compétition de l'horreur. Massacres, décapitations en ligne, pillages et destructions sont devenus les marronniers des journaux télévisés. Les barbares s'amusent. Certains viennent des banlieues françaises, ce sont les pires dit-on, et pourtant ils n'ont pas grandi en Algérie, n'ont pas connu les bancs de l'école algérienne.

Au début, je retournai tous les ans à Annaba, puis mes voyages s'espacèrent, la vie en France prenant le pas sur celle que j'avais menée en Algérie. Je n'avais gardé à la fin que des souvenirs de déchirement, de mort et de séparation. Les groupes islamiques armés perpétraient massacre sur massacre, n'épargnant ni femmes ni enfants.

Des bébés étaient fracassés contre des murs, des femmes enceintes éventrées. L'armée algérienne ne faisait pas grand-chose pour protéger des villages comme Bentalha, considérés comme ayant soutenu les islamistes au début de la guerre civile. Je ne me trompe pas beaucoup en pensant que les méthodes utilisées par l'armée française pendant la guerre d'Algérie l'ont été par l'armée algérienne ensuite. Terreur et contre-terreur, lutte clandestine, infiltration et retournement de maquis, tous les coups furent permis et même encouragés.

Résultat de ces dix années de guerre : deux cent mille morts, l'exode de millions de personnes fuyant les campagnes, l'exil de plusieurs millions d'Algériens formés dans les années soixante-dix : intellectuels, cadres, médecins, universitaires, une saignée dont l'Algérie mettra un siècle à se remettre si elle s'en remet jamais. Quand on voit le fantôme de Bouteflika sur sa chaise roulante, marionnette aux mains de son frère et des militaires, les magouilles et la corruption actuelles, on ne comprend la passivité du peuple algérien qu'au regard de ce passé tragique qui n'a toujours pas été soldé. «Le passé ne meurt jamais. Il n'est même jamais passé», écrivait Faulkner.

En 1998, mon père fut arrêté par la police. Il disparut pendant trois semaines. Nous ne savions pas où il se trouvait. Nous craignions pour sa vie. Beaucoup de personnes ne revenaient pas de ces rafles opérées souvent par la police ou l'armée. Mon père n'avait jamais été islamiste, il n'avait jamais mis les pieds dans une mosquée ni même fait le ramadan. À une époque de sa vie, il avait été syndicaliste et était connu pour son militantisme sans étiquette politique.

Néanmoins il fut « étiqueté » par les services secrets et, comme c'était la guerre, toute personne suspecte fut, à un moment ou un autre, enlevée, interrogée et parfois assassinée. C'était aussi cela la guerre civile des années quatre-vingt-dix. Des innocents payèrent de leur vie des crimes qu'ils n'avaient pas commis parce qu'ils n'étaient pas au bon endroit ou qu'ils représentaient une menace imaginaire comme dans le cas de mon père. «Tuez-les tous, Allah reconnaîtra les siens» fut aussi bien la devise des groupes islamiques armés que des militaires et des services secrets qui dirigent toujours l'Algérie.

Si les uns zigouillaient et violaient femmes et enfants dans les maquis, les autres torturaient et exécutaient dans les commissariats ou les casernes. Je l'ai écrit dans *Le Chien d'Ulysse*, ce qui m'a valu en Algérie, enfin chez ces salauds du FLN, faux maquisards devenus milliardaires, prévaricateurs et pourris, une certaine renommée qui n'était pas flatteuse comme vous pouvez l'imaginer. Mais j'ai la conscience tranquille : les héros véritables sont morts pendant la guerre d'Algérie. Les autres sont, pour le moins, suspects.

Mon père revint à la maison après trois semaines passées dans les geôles du pays, traîné de commissariat en commissariat, s'attendant à être éliminé à tout moment. Un soir, nous reçûmes un coup de téléphone d'un policier du commissariat de Sidi Bel Abbès qui nous informa que mon père était vivant et allait bien. L'homme l'avait pris en sympathie et avait accepté de nous prévenir pour nous rassurer. Les Algériens Kafka et Dostoïevski s'étaient donné la main pour écrire ce mauvais roman qui se termina bien. Depuis cet épisode, je me méfie grandement des vérités établies et je sais que les guerres sont sales, surtout quand elles se font en famille.

Mon père enfin libre, cette expérience m'ouvrit les yeux sur mon cher pays et sur le monde arabe en général. Je décidai que ma vie se ferait en France où j'avais l'illusion que nous étions un peu plus en sécurité.

Je revins de moins en moins souvent en Algérie. J'avais été déçu par mon pays même si la guerre civile s'était terminée au début du nouveau siècle. D'une certaine manière, je préférais l'univers que j'inventais de toutes pièces dans mes romans et qui ne ressemblait à rien de connu. On peut y voir l'Algérie parfois et même d'autres endroits du monde, mais, à la vérité, le filtre de la fiction le rend plus habitable. Je préfère Cyrtha et Carthago, mes villes imaginaires, à Annaba et Alger, et je me range, encore une fois, à l'avis de Géronte dans *Les Fourberies de Scapin* : « Mais que diable allait-il faire dans cette galère ! »

Je garde un souvenir ému de cette tirade qui me fit tant rire à treize ans alors que je découvrais la littérature française grâce à M. Poquelin. J'avais appris la scène par cœur sous la direction éclairée de mon père et je la jouai devant notre classe de cinquième. C'était une autre époque : on apprenait Molière à des enfants. J'étais dans la gueule du loup, comme Kateb Yacine appelait l'école française qu'il avait connue dans sa jeunesse. Pour tout vous dire, et pour contredire mon cher Kateb Yacine, la gueule du loup avait de belles lèvres et une langue merveilleuse. Je l'embrasse chaque jour goulûment et en tire un plaisir renouvelé. Pour moi, la *ghoule* des contes, je la rencontrai à l'école algérienne, celle de l'indépendance, qui prétendait sauver les enfants du 5-Juillet et les dévora.

C'est dans cette classe de français, en cinquième, au collège Pierre-et-Marie-Curie-d'Annaba que je récoltai mes premiers rires, mes premiers applaudissements en jouant Scapin. Si je n'avais pas grandi en Algérie, je serais devenu comédien. À la place, j'écris depuis que j'ai l'âge de quinze ans, mon âge de raison qui n'a rien à voir avec Dieu ou Allah.

J'ai essayé pour chaque livre, chaque roman, d'être le plus juste et le plus vrai, de ne rien masquer de ce que je suis, au plus intime, ni de voiler la vérité du monde et des êtres telle qu'elle m'apparaissait. J'ai composé des romans sur la vie, la guerre, la mort, mais aussi sur l'amour et la sexualité. J'ai parfois choisi mes sujets en fonction de l'actualité, en prenant de grands risques, risques que j'assume aujourd'hui.

J'estime avoir fait mon travail d'écrivain avec une grande probité et avoir toujours cherché la meilleure expression possible, la forme la plus adéquate. Il me semble n'avoir trahi ni mes idées ni la haute opinion que je me fais de la littérature. J'espère avoir redonné aux hommes et aux femmes de mon temps, en Algérie ou ailleurs, leur humaine vérité au travers des tragédies qui n'ont pas manqué de les accabler, mais aussi des bonheurs simples et des grandes joies qui surgissent au moment où on ne les attend plus.

Je ne sais pas si mes livres seront lus plus tard, cela ne sera plus mon problème en vérité. Je suis simplement heureux d'avoir fait mon travail et réalisé ce dont j'ai toujours rêvé avec amour et une grande passion de l'art.

Je ne souhaiterais à personne d'être né en Algérie, encore moins d'avoir connu une enfance comme la mienne. Je regrette de n'avoir pas eu de jeunesse, de n'être pas sorti avec des filles à quinze ans, de n'avoir pas voyagé à vingt. Nous étions enfermés dans un hôpital psychiatrique à ciel ouvert. Dans un documentaire sur l'asile de Blida, celui-là même où avait exercé Frantz Fanon, on avait donné la parole à un aliéné : « Nous ne sommes pas fous ici, c'est vous, dehors, qui l'êtes. »

C'était pendant la guerre civile et le fou avait raison : les gens normaux s'entr'égorgeaient et se promenaient à l'air libre.

Mes parents ont fini par se séparer après une guerre intime qui a duré vingt ans. Leur couple n'a pas résisté à la mort de ma sœur. C'est surtout mon père qui a sombré, dans l'alcool, puis dans une forme de folie à la fin.

Lorsque je suis retourné le voir à Alger, il ne

m'a pas reconnu. Il ne lui restait que des bribes d'enfance : Belcourt où il avait grandi pendant la guerre d'Algérie, un peu après l'indépendance. C'étaient des jours heureux et il en parlait avec un grand sourire. Cela faisait des années que je ne le voyais plus. Je m'en veux beaucoup à présent qu'il est trop tard. J'ai l'impression d'avoir abandonné les miens. J'espère me pardonner un jour cette fuite hors du royaume.

Mon père est là, devant sa fenêtre, dans un triste appartement de la banlieue d'Alger. Tous les Algérois vivent en banlieue et en sont heureux. Pour rien au monde ils n'habiteraient au centre-ville où ils sont pourtant nés et où leurs parents sont nés, je ne m'explique pas pourquoi. La ville telle qu'elle est devenue n'a pas voulu d'eux. En revanche, elle a bien absorbé les généraux d'opérette, les politiciens véreux et les bandits venus de toutes parts de l'Algérie et qui lui rendent bien la monnaie de sa pièce en la laissant tomber en ruines.

Il ne reste plus rien de la Casbah où est né mon père ni de Belcourt où il a grandi : beaucoup de quartiers populaires que l'on a laissés à l'abandon pendant un demi-siècle sont en ruines comme après un bombardement. Et même le centre d'Alger où je suis né, celui des facultés, de la Poste, de la rue Michelet, s'effondre par blocs entiers. Il ne reste plus rien d'une ville que je connais à peine, faute d'y avoir vécu, et que je ne reconnais pas, ne la désirant guère, la trouvant laide et triste, édentée et pauvre, sale et grise. On parle encore de sa blancheur légendaire, eh bien ce n'est plus qu'une vieille légende justement. La ville sent la mort et porte un suaire un peu terne. J'ai l'impression de me promener dans un grand cimetière sous le soleil. Trop de morts, de massacres pour le cœur fatigué d'une seule ville…

Mon père regarde les oiseaux par la fenêtre. Il ne reconnaît plus personne, il suit les hirondelles qui volent de balcon en balcon, puis filent dans le ciel. Il s'extasie comme un enfant, le gamin de soixante et onze ans qu'il est devenu après bien des souffrances. Je sors mon téléphone et prends une photo de lui perdu dans un éclat de lumière.

DU MÊME AUTEUR

Aux Éditions Gallimard

LE CHIEN D'ULYSSE, *roman* (Folio nº 5616). Prix littéraire de la Vocation. Bourse Goncourt du premier roman. Bourse de la Découverte Prince Pierre de Monaco.

LA KAHÉNA, *roman*. Prix Tropiques 2004.

TUEZ-LES TOUS, *roman* (Folio nº 4649).

LES DOUZE CONTES DE MINUIT, *nouvelles*.

LE SILENCE DE MAHOMET, *roman* (Folio nº 4997).

AMOURS ET AVENTURES DE SINDBAD LE MARIN, *roman*.

LE CONSUL, *roman* (Folio nº 6094).

DIEU, ALLAH, MOI ET LES AUTRES, *récit* (Folio nº 6553).

UN JEUNE HOMME EN COLÈRE, *roman*.

Aux Éditions du Rocher

AUTOPORTRAIT AVEC GRENADE, *récit*.

Aux Éditions Grasset

MOI, KHALED KELKAL, *roman*.

Aux Éditions Flammarion

LE DERNIER ÉTÉ D'UN JEUNE HOMME, *roman*.

Aux Éditions JC Lattès

L'EXIL D'OVIDE, *essai*.

COLLECTION FOLIO

Dernières parutions

6415. Marivaux	*Arlequin poli par l'amour et autres pièces en un acte*
6417. Vivant Denon	*Point de lendemain*
6418. Stefan Zweig	*Brûlant secret*
6419. Honoré de Balzac	*La Femme abandonnée*
6420. Jules Barbey d'Aurevilly	*Le Rideau cramoisi*
6421. Charles Baudelaire	*La Fanfarlo*
6422. Pierre Loti	*Les Désenchantées*
6423. Stendhal	*Mina de Vanghel*
6424. Virginia Woolf	*Rêves de femmes. Six nouvelles*
6425. Charles Dickens	*Bleak House*
6426. Julian Barnes	*Le fracas du temps*
6427. Tonino Benacquista	*Romanesque*
6428. Pierre Bergounioux	*La Toussaint*
6429. Alain Blottière	*Comment Baptiste est mort*
6430. Guy Boley	*Fils du feu*
6431. Italo Calvino	*Pourquoi lire les classiques*
6432. Françoise Frenkel	*Rien où poser sa tête*
6433. François Garde	*L'effroi*
6434. Franz-Olivier Giesbert	*L'arracheuse de dents*
6435. Scholastique Mukasonga	*Cœur tambour*
6436. Herta Müller	*Dépressions*
6437. Alexandre Postel	*Les deux pigeons*
6438. Patti Smith	*M Train*
6439. Marcel Proust	*Un amour de Swann*
6440. Stefan Zweig	*Lettre d'une inconnue*
6441. Montaigne	*De la vanité*
6442. Marie de Gournay	*Égalité des hommes et des femmes* et autres textes

6443. Lal Ded	*Dans le mortier de l'amour j'ai enseveli mon cœur...*
6444. Balzac	*N'ayez pas d'amitié pour moi, j'en veux trop*
6445. Jean-Marc Ceci	*Monsieur Origami*
6446. Christelle Dabos	*La Passe-miroir, Livre II. Les disparus du Clairdelune*
6447. Didier Daeninckx	*Missak*
6448. Annie Ernaux	*Mémoire de fille*
6449. Annie Ernaux	*Le vrai lieu*
6450. Carole Fives	*Une femme au téléphone*
6451. Henri Godard	*Céline*
6452. Lenka Horňáková-Civade	*Giboulées de soleil*
6453. Marianne Jaeglé	*Vincent qu'on assassine*
6454. Sylvain Prudhomme	*Légende*
6455. Pascale Robert-Diard	*La Déposition*
6456. Bernhard Schlink	*La femme sur l'escalier*
6457. Philippe Sollers	*Mouvement*
6458. Karine Tuil	*L'insouciance*
6459. Simone de Beauvoir	*L'âge de discrétion*
6460. Charles Dickens	*À lire au crépuscule et autres histoires de fantômes*
6461. Antoine Bello	*Ada*
6462. Caterina Bonvicini	*Le pays que j'aime*
6463. Stefan Brijs	*Courrier des tranchées*
6464. Tracy Chevalier	*À l'orée du verger*
6465. Jean-Baptiste Del Amo	*Règne animal*
6466. Benoît Duteurtre	*Livre pour adultes*
6467. Claire Gallois	*Et si tu n'existais pas*
6468. Martha Gellhorn	*Mes saisons en enfer*
6469. Cédric Gras	*Anthracite*
6470. Rebecca Lighieri	*Les garçons de l'été*
6471. Marie NDiaye	*La Cheffe, roman d'une cuisinière*
6472. Jaroslav Hašek	*Les aventures du brave soldat Švejk*

6473. Morten A. Strøksnes	*L'art de pêcher un requin géant à bord d'un canot pneumatique*
6474. Aristote	*Est-ce tout naturellement qu'on devient heureux ?*
6475. Jonathan Swift	*Résolutions pour quand je vieillirai et autres pensées sur divers sujets*
6476. Yājñavalkya	*Âme et corps*
6477. Anonyme	*Livre de la Sagesse*
6478. Maurice Blanchot	*Mai 68, révolution par l'idée*
6479. Collectif	*Commémorer Mai 68 ?*
6480. Bruno Le Maire	*À nos enfants*
6481. Nathacha Appanah	*Tropique de la violence*
6482. Erri De Luca	*Le plus et le moins*
6483. Laurent Demoulin	*Robinson*
6484. Jean-Paul Didierlaurent	*Macadam*
6485. Witold Gombrowicz	*Kronos*
6486. Jonathan Coe	*Numéro 11*
6487. Ernest Hemingway	*Le vieil homme et la mer*
6488. Joseph Kessel	*Première Guerre mondiale*
6489. Gilles Leroy	*Dans les westerns*
6490. Arto Paasilinna	*Le dentier du maréchal, madame Volotinen et autres curiosités*
6491. Marie Sizun	*La gouvernante suédoise*
6492. Leïla Slimani	*Chanson douce*
6493. Jean-Jacques Rousseau	*Lettres sur la botanique*
6494. Giovanni Verga	*La Louve et autres récits de Sicile*
6495. Raymond Chandler	*Déniche la fille*
6496. Jack London	*Une femme de cran* et autres nouvelles
6497. Vassilis Alexakis	*La clarinette*
6498. Christian Bobin	*Noireclaire*
6499. Jessie Burton	*Les filles au lion*
6500. John Green	*La face cachée de Margo*

Composition Entrelignes
Impression Novoprint
à Barcelone, le 7 novembre 2018
Dépôt légal : novembre 2018
1er dépôt légal : octobre 2018

ISBN 978-2-07-279380-6./Imprimé en Espagne.